NARRATORI MODERNI

ALESSIA GAZZOLA

LENA
E LA TEMPESTA

Garzanti

Prima edizione: maggio 2019

Per essere informato sulle novità del Gruppo editoriale Mauri Spagnol visita:
www.illibraio.it

ISBN 978-88-11-60811-0

Printed in Italy

www.garzanti.it

LENA E LA TEMPESTA

«Giunse l'estate in una notte sola,
e così non si vide Primavera.
Ed allora non ebbi più paura
che mi passasse accanto il mio destino.»

ANNA ACHMATOVA

PRIMA PARTE

IL RICORDO

1.

Sono su un taxi incolonnato nel traffico quando sento alla radio che, stando a un recente studio americano di psicologia, ciascun individuo, nella propria vita, accumula in media tredici segreti.

Di questi, solo cinque sono inconfessabili.

Mi sembra un numero enorme, se penso che io ne ho soltanto uno.

Ma se poi da quell'unico segreto tenuto sotto chiave ne scaturiscono altri, in maniera diretta o indiretta, e quell'eco lontana agisce come un moltiplicatore... il segreto resta sempre uno?

Il cuore inizia a pulsarmi più forte come tutte le volte in cui quel ricordo si affaccia alla memoria. È come un fetido bollore sotterraneo ben nascosto da un lastricato tirato a lucido o come il ronzio di un coleottero imprigionato al centro del torace: le mie metafore sull'argomento sono pressoché infinite. La mia analista junghiana sosteneva che l'acuto simbolismo del mio linguaggio fosse conseguenza diretta di un magma emotivo. Ma alla fine, un paio di mesi fa, ho piantato in asso anche l'analisi, come del resto pianto in asso un po' tutto. Sempre secondo quella psicologa, nessun pensiero che attraversa la mente lo fa per caso. Non è che una riflessione, o un ricordo, sbagliano strada. Se imboccano un sentiero c'è sempre una ragione ben precisa.

Poi l'ingorgo si libera, il taxi prosegue la sua corsa verso l'aeroporto di Fiumicino, alla radio cambiano argomento e io smetto di pensarci.

Quando entro la mia destinazione è già sul tabellone delle

partenze. Raggiungo il gate, esibisco il documento e prendo posto sul sedile lato corridoio accanto a una giovane coppia con un bambino sotto i due anni posseduto dal demonio.

Arrivata a Palermo mi sento già sfinita. Carico le valigie su una navetta diretta al porto e lì prendo l'aliscafo mezzo vuoto. Nel bagnetto lurido dell'imbarcazione, devastata dal mal di mare, non lesino in goccine di Rescue Remedy. Ma solo perché sono contraria a qualunque cosa dia dipendenza, e pertanto, anche agli psicofarmaci. Perché se c'è un buon momento per il Lexotan, quant'è vero Dio, è proprio questo.

L'aliscafo rallenta mentre si avvicina all'isola di Levura, che sembra galleggiare su una distesa d'acqua senza temere il fuoco del vulcano mezzo addormentato né la potenza del vento che leviga il profilo delle rocce brune.

Qualche tempo fa ho letto che, dopo un'intensa e sorprendente vacanza, un giornalista del «New York Times» l'ha descritta come un piccolo paradiso terrestre, scatenando un passaparola che l'ha consacrata come una delle dieci località top al mondo per il 2010. Oggi il successo dell'isola non accenna a ridursi, anzi, questa briciola di terra avanzata dalla Creazione è sempre più florida. Eppure io non ci torno di proposito da anni, nonostante sia casa mia, tecnicamente l'unica che possiedo.

«Ma quella villa di tuo padre, a Levura?» è da sempre la tipica domanda che mi sento rivolgere da chi ricorda che lui si rifugiava sull'isola per cercare l'ispirazione.

Mio padre, Ennio Santoruvo, è stato uno scrittore molto acclamato, ogni suo libro era un caso editoriale e oggi gli studenti di Lettere scrivono tesi su di lui. Un giorno però ha dichiarato di non avere più storie da raccontare e di volersi dedicare solo all'insegnamento, attività cui aveva già cominciato a interessarsi. È un tipo piuttosto rigido per quel che concerne il merito e il valore e semplicemente sentiva di non essere più all'altezza di sé stesso. Quand'anche fosse stato favorevole agli intrallazzi, e davvero non posso immaginare una persona più manifestamente contraria, non avrebbe avuto bisogno di raccomandarmi: anche se ho scelto un ambiente lavorativo diverso, il suo cognome è molto conosciuto e io l'ho sempre portato con fierezza. Il nome non è solo un nome, aveva torto la Giulietta di Shakespeare. Noi non ne abbiamo alcuna responsabilità, eppure integra la nostra personalità, e io *sono* orgogliosamente Lena Santoruvo. Il nome di battesimo lo ha scelto mio padre, come la Lena di *Leonce und Lena* di Büchner. Mi piace il suo mondo e ho imparato tanto da quello che mi ha insegnato, ma non ho seguito le sue orme e sono diventata un'illustratrice. È un lavoro che ha una sua ciclicità, proprio come quello dei braccianti agricoli. Bisogna arare il terreno, seminarlo, irrigarlo e, solo alla fine, raccogliere. Bisogna resistere alle tempeste, alle bufere, e dopo, quando pensi che il peggio sia passato, alla desertica aridità dell'estate.

La stagionalità si traduce, per me, in un ritmo economico tipico: metto da parte quattro soldi che mi faccio bastare fino all'ingaggio successivo. È un continuo procacciarsi clienti, un perenne bussare alle porte con la speranza che prima o poi vengano aperte. E non lo si può fare senza una corazza che protegga dal senso di sconfitta a ogni «no» ricevuto. Il mio era stato un debutto fiammeggiante, nell'ambiente il mio nome aveva iniziato a girare e mi ero guadagnata la stima di Cecilia Deletres che, azzardando un parallelo, è per gli illustratori quello che Anna Wintour è per gli stilisti. Ha lavorato per anni in un gruppo editoriale americano e una volta rientrata in Italia si è costruita la reputazione di quella che conosce gli art director meglio di chiunque altro. Ha aperto un'agenzia e gli illustratori che rappresenta non conoscono crisi. Quindi, andavo a genio a lei e tutto andava alla grande. Poi, però, non ho tenuto il passo. Un paio di clienti insoddisfatti, qualche piccolo ritardo e boom, fuori dall'agenzia, senza tanti complimenti. Da quel momento tutto è diventato tremendamente difficile. Oggi vendo i miei disegni per decorare carta da regalo o altre volte, grazie al direttore di qualche rivista che si ricorda di mio padre, realizzo illustrazioni per gli inserti culturali, poco più che vignette decorative. Ma il problema principale è che ho perso la fiducia nei miei mezzi. Mi rifacevo volutamente al vintage anni Cinquanta e, lì per lì, Cecilia lo trovò fresco, originale. Avevo un tratto semplice, genere J.P. Miller, ma con un approccio più descrittivo e colori più sfumati, come se usassi un filtro che uniformava la scala cromatica. Ma poi lei mi disse che usavo troppi cliché, che commettevo l'errore di «descrivere» quando invece avrei dovuto «evocare», e soprattutto mi rimproverò di essere troppo lenta. I suoi rifiuti furono dapprima incoraggianti, del tipo "so che puoi fare di meglio" oppure "perché non provi a sperimentare qualcosa di diverso?". Poi diventarono più inesorabili, finché decise di "sospendere" la nostra collaborazione e nel frattempo scoprì nuovi talenti su cui puntare e, quando venivo a saperlo, mi si spezzava il cuore. Difficile ripartire da sé stessi quando una come Cecilia prima ti esalta, poi ti massacra. Spesso ho pensato di cambiare vita e non pensarci più. Dopo una parabola così disastrosamente discendente forse sarebbe stata la reazione più saggia. Ma io non sono nient'affatto una persona saggia. Io voglio continuare a essere un'illustratrice, che sia sotto l'egida di Cecilia o meno. Qualcosa deve cambiare. Cosa, spero di capirlo qui.

Ed eccomi a Levura. Le isole, tutte le isole, hanno qualcosa di presuntuoso. Loro esistono immutabilmente dalla notte dei tempi e non hanno bisogno di niente. Sei tu ad aver bisogno di loro per far vacanza, per cercare te stesso, per sentirti meglio.

Il porto non è molto diverso da com'era quando ero piccola, quando sbarcavano due navi veloci al giorno. L'odore è quello di tutti i moli, il misto intenso e pungente delle alghe marcescenti, del carburante e del pesce che inizia a puzzare. Ci sono ancora le bancarelle di fortuna dei pescatori, come quando accompagnavo mio padre a comprare il pesce fresco che poi Giovanna, una specie di governante che lavorava per noi, cucinava. A differenza di quei tempi, c'è solo più confusione.

Il porto si trova accanto al piccolo paese, sovrastato a sua volta da un promontorio su cui svetta un castello normanno in rovina. Casa mia è situata esattamente sul lato opposto rispetto al porto, di fronte al faro, che da anni non è più in attività. A separarci, solo Cala Ventosa, una caletta con una spiaggia di ciottoli che pizzicano i piedi, dall'acqua limpidissima, così piccola che da casa mia è possibile guardare fin dentro il faro.

Arrivata davanti al cancello mi accorgo che la manutenzione risente degli anni in cui la villa è stata chiusa. L'agrumeto che la circondava è una selva ripulita alla meno peggio. La facciata esterna è scorticata dall'umidità. Sono presa da un leggero sconforto. Poi mi dico che sono forte, molto più forte delle ragnatele, del passato e anche delle ragnatele del passato.

Mentre me ne sto impalata a guardare la porta di casa senza trovare il coraggio di aprire la serratura, il cancello cigola di nuovo: qualcuno si fa strada dietro di me. Voltandomi, riconosco il viso invecchiato della nostra Giovanna. Dal linguaggio del corpo intuisco che vorrebbe darmi un abbraccio, ma non vuole essere indiscreta e allora lo faccio io per lei. «Che piacere, che piacere!» non fa che ripetere. Quando sorride si vede che le manca qualche dente.

«L'apro io la porta», dice. Le avevo spedito una copia delle chiavi con un corriere così che lei potesse portarsi avanti e mettere a posto la casa, disabitata da anni.

Quando entriamo, sembra di sentire il mare dentro una conchiglia. Forse è il vento, o la particolare esposizione, o la risacca ritmica e implacabile delle onde. È il rumore di questa casa da sempre.

Giovanna ha fatto del suo meglio: la villa è vecchiotta, ma profumata e pulita. Per prima cosa ho voglia di andare in terrazza, che gli abitanti di Levura chiamano *baglio*, affacciarmi e vedere il mare, sentire che quell'angolo di mondo è tutto mio, come quando avevo quindici anni, l'ultima volta che sono stata qui. Le piastrelle chiare sono state strigliate a dovere, come pure gli infissi di legno pitturati di turchese. Il sole picchia senza risparmiarsi nonostante sia solo maggio.

«Dovremmo rimettere a posto il pergolato», mormoro, ritraendomi in casa come se i raggi fossero tossici. Da lì guardo le canne poggiate sull'orditura delle travi di legno, che ormai sono rovinate e non riparano più dal sole.

«La loggia?» chiede Giovanna per conferma. È così che quelli del posto chiamano la tettoia fatta di canne. Nel dialetto locale, i *bisoli* sono i muretti rivestiti da maioliche che circondano la terrazza e che si affacciano sul mare e le *pulere* sono le colonne bianche e cilindriche che sostengono la loggia.

«Se mi permette, mio cognato può occuparsene.»

«Vediamo Giovanna, vediamo», le dico. Apprezzo il suo entusiasmo ma, per quanto la sostituzione delle canne sia indispensabile, il mio conto in banca ha visto giorni più floridi. Se sono tornata a Levura dopo quindici anni è perché l'ho individuata al momento come la miglior soluzione possibile da ogni punto di vista, quindi anche sotto l'aspetto economico.

E questo la dice tutta sul resto.

2.

Mi incanto a guardare il faro e all'improvviso mi torna alla mente quando mia madre mi aveva dato da leggere *Gita al faro* di Virginia Woolf. Mi era sembrato di una noia mortale, ma lei insisteva che arrivassi sino alla fine. In ogni caso non è il più brutto ricordo di quell'estate.

Quando i protagonisti del libro, i Ramsay, menzionavano il faro, io pensavo istintivamente a quello della Marina Militare che ora ho davanti, al suo colore sabbioso e all'aspetto austero. Anche se lo scenario delle Ebridi non avrebbe potuto essere più diverso da quello di Levura, mia madre ambiva a stabilire dei punti di contatto con la poetica di Virginia Woolf. All'epoca stava provando a scrivere un romanzo ambientato in un'isola del Mediterraneo, ma non l'ha mai finito. In generale, non doveva essere semplice confrontarsi con mio padre, e fare la scrittrice alla sua ombra. Le sue ambizioni letterarie dunque sono sempre state frustrate. Più ci provava, più si arenava.

«I bagagli li porto nella sua stanza?» chiede Giovanna, distogliendomi dalle mie considerazioni.

«Quindici anni fa mi chiamavi per nome. Se mi dai del lei mi confondi.»

«Va bene. Ma la domanda resta la stessa», ribatte, con quell'asperità isolana più vicina alla schiettezza che alla scortesia.

«No, non nella mia stanza.» Non se posso scegliere. Quello è l'ultimo posto al mondo in cui potrei fare bei sogni.

«In quella dei tuoi genitori?»

«Va bene la stanza degli ospiti.»

«La verde, la blu o la bianca?»

Sono tre stanze gemelle che si differenziano per il colore delle pareti, tutte e tre al piano di sotto.

«La blu.»

«Come vuoi.»

In mezzo, tra questa villa e il faro, c'è solo Cala Ventosa. Che il suo nome fosse un tranello mio padre l'aveva capito subito, perché il vento vi soffia raramente e per la maggior parte del tempo in cui c'eravamo noi, ossia d'estate, l'acqua era una piscina cristallina circondata dagli scogli. Quando i raggi del sole l'attraversavano, il blu diventava commovente.

Giovanna mi ha detto che adesso ci sono le meduse. È colpa del buco dell'ozono. Da quando la conosco, Giovanna dà sempre la colpa di tutto al buco dell'ozono. Mi accorgo quasi subito che adesso ogni tanto varia e sostituisce il buco dell'ozono con Trump, dipende dal discorso che sta facendo, se c'entrano i cataclismi ambientali o quelli politici.

«Nel frigo ho messo le cose che mi hai chiesto. Pure il latte d'avena. Sono dovuta andare a Palermo per trovarlo. Ma se mi posso permettere, non sa di niente.»

«L'hai assaggiato?» la stuzzico.

«Mi sono incuriosita. Comunque, a saperlo che volevi andare nella stanza degli ospiti, le lenzuola buone le mettevo là.»

«Dubito che qui ci siano lenzuola di scarsa qualità.»

All'epoca i miei erano davvero dissipati. In questa casa invitavano un sacco di persone, tutte ben inserite nel mondo artistico di allora. Qualcuno è morto, qualcuno è caduto in disgrazia, ma la maggior parte di loro continua a esprimere ancora oggi la propria visione di ciò che è cultura e ciò che non lo è.

A un amico regista di papà la villa piaceva al punto che gli chiese di usarla per girare le scene in interni di un suo film. Ai tempi non c'erano alberghi e per due giorni la troupe si accampò qui. Per ricavare spazio, la mia stanza fu data a un macchinista e fui costretta a dormire in un sacco a pelo in camera dei miei. Ho il DVD di quel film, di tanto in tanto lo rivedo. C'è una scena d'amore molto emozionante. Gli attori protagonisti si sposarono qualche mese dopo e dissero che la magia del luogo aveva dato una piccola spinta alla loro attrazione. Giovanna fu l'unica a non sorprendersi, perché era testimone delle condizioni in cui trovava la loro stanza la mattina. Quando qualche anno fa ho saputo che avevano divorziato, ho provato dispiacere come se fossero stati una coppia di vecchi amici.

I miei adoravano impersonare il ruolo degli ospiti un po' eccentrici. Quell'estate, che poi si rivelò essere la mia ultima qui, mia madre iniziò a tingersi i capelli di viola quando non era di moda come adesso. La magia del luogo presto si rivelò contagiosa: alcuni amici di mio padre si innamorarono di Levura, presero casa anche loro e continuano a passare l'estate qui.

«Lena, hai bisogno di qualcos'altro?»

Mi guardo attorno. «Non mi sembra.»

«I limoni si stavano perdendo e ti ho fatto una limonata.»

«Brava, odio gli sprechi.»

«Vengo domani?»

«Sì, con tuo marito. Dobbiamo parlare bene dei lavori da fare.»

«Certo, Lena.»

L'accompagno fino al cancello oltre il quale ha lasciato la bicicletta. Uno dei motivi che fa di Levura un piccolo paradiso è l'assenza di auto. Se fossi il sindaco, proibirei anche l'uso degli scooter. Ma Levura vive di pesca e turismo, e ai turisti i motorini piacciono. E poi, a volerla dire tutta, essendo Vespa 50 scolorite dal sole, finiscono con il tinteggiare le strade dell'isola come nastri colorati.

Salutata Giovanna, intorno a me c'è assoluto silenzio. Mi resta solo la compagnia del mare. Ma dopo appena un istante sento il rumore di una sterzata seguita da una sequela di apocalittici anatemi indirizzati ai roditori, che culmina con un: «*Maliritti topi!*».

Riapro con fatica il cancello – dovrò farlo oliare o sarà un tormento – e trovo Giovanna stesa a terra. Al margine della strada vedo qualcosa che in realtà non è un topo, bensì un cane. Per l'esattezza un chihuahua.

Si lascia avvicinare e sulla targhetta leggo il suo nome: «Cassius». Quando lo chiamo lui risponde con un ringhio mostrando una fila di dentini gialli tutti storti. Sono già innamorata di lui. Sull'altra faccia della targhetta c'è un numero di telefono con un prefisso internazionale. Chiamo e risponde una voce molto giovane.

«*Allo.*»

È evidentemente una straniera e in inglese le spiego che ho ritrovato il suo cane.

«Oh Cassius!» dice con un gridolino, per poi aggiungere che lo aveva perso due giorni prima ma che ormai è ripartita. Mi implora di occuparmi di lui, lei tornerà a recuperarlo appena possibile. E chiude senza che io possa capire altro.

Nel frattempo, mentre provo a prenderlo in braccio, mi stampa un morso sulla mano che non mi fa male solo perché la sua stazza è ridicola. Spero che la tendenza di Cassius all'aggressività sia frutto delle peripezie delle ultime quarantotto ore. Forse è disidratato, affamato e confuso dal vagabondaggio ma la sera, pur accudito e rifocillato, continua a manifestare ostilità.

Gli preparo un cuscino ai piedi del letto e quando il buio della notte invade la stanza, nonostante tutto, è grazie a lui che mi sento meno sola.

3.

Il chiarore dell'alba filtra dalla finestra della stanza blu. Nella casa in cui abitavo in affitto a Roma, gli scuri impedivano il passaggio della luce, se lo desideravo, così mi ero abituata a dormire fino a tardi. Non avendo un lavoro d'ufficio, ma dipendendo soltanto dai miei ritmi, che io iniziassi a disegnare alle nove o alle dieci era del tutto indifferente. Tuttavia, per un retaggio culturale, secondo il quale chi lavora sodo si alza presto, mi sembra che la levataccia abbia un effetto nobilitante.

È la fine di maggio, di mattina l'aria è ancora fresca. Mi avvolgo in un cardigan, mi preparo un caffè e mi raggomitolo a piedi nudi su una sedia in terrazza. La vastità del blu è sfidata di tanto in tanto da qualche barca a vela. L'unico rumore è quello delle onde che si infrangono sulla roccia.

Non so quanto a lungo resto lì. Il tempo non mi insegue, mi godo il privilegio di una vista così e, quando ne ho abbastanza, raggiungo la stanza che era lo studio di mio padre, dove ha scritto i libri più cruciali della sua carriera.

Non avevo ancora vent'anni quando i miei genitori divorziarono. Ammisero di essere diventati due estranei e che desideravano lasciarsi la libertà di ricostruirsi ognuno la propria vita. Mia madre si trasferì a Parigi, cosa che aveva sempre sognato sin da quando studiava filosofia all'università. Lì, sotto lo pseudonimo di Ava d'Aulnay, iniziò a scrivere storie di genere romance grazie alle quali gode di un discreto benessere senza dipendere dagli alimenti di mio padre. Ma nessuno deve sapere che Ava d'Aulnay e Metella Santi sono la stessa persona, men che meno papà. Di base lei si vergogna profondamente di quello che scrive ed è convinta che sia il frutto dello squilibrio ormonale della menopausa. Fatto sta che il romanzo woolfiano ambientato sull'isola non è mai riuscita a finirlo mentre di romance della serie della Contessa di Merlimont ne sforna due all'anno.

Mio padre, invece, si è trasferito a New York, dove tiene corsi di scrittura e drammaturgia all'università. Ha una moglie molto più giovane, Joanna, e un figlio piccolo, il mio fratellastro, che ha chiamato Leone per la solita commedia di Büchner. Il bimbo l'ho visto due volte in cinque anni. Vivono a Brooklyn in un'ex fabbrica di munizioni che lui ha trasformato in un loft pieno di libri e stampe un po' confusionario, come del resto sono papà e Joanna. Prima di risposarsi, mio padre mi ha regalato, con tanto di atto dal notaio, la villa di Levura. Lì per lì ero abbastanza perplessa e se proprio avessi dovuto scegliere un regalo non avrei voluto questa casa, la gabbia che mi tiene in trappola da quindici anni, ma papà ha insistito parecchio, mia madre mi diceva «non ci pensare nemmeno a rifiutare» e alla fine, un po' per inerzia come del resto sempre faccio, ho detto «va bene». D'altra parte papà non è mai stato particolarmente prodigo di regali e voglio essere autonoma e farcela da sola, che è la ragione per cui pur passandomela male sul piano economico, non chiedo aiuto ai miei genitori. Vero è altresì che la logica che sta dietro a questo gesto di mio padre non l'ho mai del tutto capita. Forse l'ha fatto perché sa che in Italia torneranno poco, o più probabilmente Joanna gli ha fatto capire che non intende trasferirsi per mesi e mesi in una sperduta isola del Mediterraneo come invece accettava di fare mia madre. Lei lavora come creativa in una agenzia pubblicitaria e non è tipo da mollare l'osso. Tutto il contrario di mia madre, che era il paradigma molto naïf della moglie geisha. Oppure, desiderava lasciarmi qualcosa di sé che significasse molto per lui, avendo capito che la sua vita stava per cambiare radicalmente.

Da questo studio, che pure gli era molto caro, mio padre non ha portato via niente. Tutto è rimasto come ai tempi in cui vivevamo qui da giugno a settembre e so già che i documenti di cui ho bisogno sono conservati in uno dei cassetti della scrivania. Da quando sono diventata la proprietaria effettiva della casa, mi sono chiesta molto spesso cosa farne. Venderla? No. Mi avrebbe fatto sentire ingrata nei confronti di papà e poi questa villa è parte della mia identità, nel bene e nel male, e, come tale, è incedibile. Viverci io? Non a lungo termine, questo era sicuro. Lavoro poco e non ho un compagno. La casetta a Roma l'ho lasciata quando ho capito che stavo per diventare il tipo di persona che non paga l'affitto. Ho quasi trent'anni e una vita fatta di cocci che non riesco a rimettere a posto. È arrivato il momento di fermarmi e di guardare in faccia cosa o chi mi impedisce di farlo.

La mappa catastale della villa è aperta sulla scrivania. Tre stanze al piano di sotto e due al piano di sopra e, per fortuna, ogni camera da letto è fornita di un piccolo bagno. Al piano di mezzo ci sono un cucinino in muratura e un soggiorno che si apre sulla terrazza, che potrebbe fungere da zona living comune. L'idea è questa: affittare la villa per i prossimi mesi. Devo riuscirci, è assolutamente vitale. Grazie all'articolo apparso sul «New York Times» l'isola è attiva grosso modo da Pasqua al giorno di Ognissanti. Potrebbe essere una fonte di reddito per otto mesi l'anno, con cui coprire innanzitutto le spese di manutenzione ordinaria della casa stessa e le tasse, e poi anche un modo per non sentirmi sempre alla canna del gas con un conto in banca in condizioni tali da non poter affrontare nessuna spesa straordinaria. Intanto che questa villa mi fa da Bancomat potrei disegnare senza l'assillo di non avere un contratto e soprattutto potrei tornare a vivere in città.

A me sembra un'idea geniale, anche se quando l'ho detto a mia madre a lei è parsa piuttosto squallida. «Ma la casa ormai è tua, puoi farci quel che vuoi.»

Mentre mi convinco sempre di più che una volta tanto ho un progetto di sostentamento sensato, avverto la presenza di un insetto sui piedi. Ricordando le colluttazioni di Giovanna con gli scarafaggi sto per lanciare un urlo di ribrezzo quando mi accorgo che trattasi in realtà della linguetta storta di Cassius, che mi sta facendo delle avance. Ha gli occhi così strabici che non sono del tutto certa che mi stia guardando, ma per la prima volta mi consente di prenderlo in braccio e coccolarlo un po'.

La mattina passa così, con il cane sulle gambe, mentre mi perdo su siti di decorazione d'interni cercando le giuste tonalità con cui ripitturare le stanze. Pranzo con un'insalata e riposo un po' nelle ore del primo pomeriggio, proprio come un tempo. Questa casa mi ha sempre conciliato il sonno, le migliori dormite della mia vita sono state nella mia stanza al piano di sopra, fino a quando da nido si è trasformata in una ragnatela in cui sono rimasta intrappolata come un piccolo inerte insetto che quindici anni dopo spera ancora di riuscire a liberarsi.

4.

Ho spiegato il programma a Giovanna e a suo marito Peppino.

«Ma scusa, vuoi affittare la villa con te dentro?»

«No. Io sono negata per la condivisione. Mi metterei nella dépendance. Ma solo per quest'estate», sottolineo a beneficio più di me stessa che loro. Sento la necessità di dirmi che è solo per rimettermi in piedi. In realtà non è solo un discorso economico. Adesso che sono tornata avverto il bisogno di togliere il coperchio alla pentola in cui rimesto le mie ossessioni. Stare lontana da questo luogo mi aveva permesso di sigillare il ricordo più brutto, come quando si cucina una bistecca a fuoco altissimo e dall'esterno sembra cotta ma all'interno resta il sangue.

«La dépendance si è rovinata», precisa Giovanna. «L'hai vista?»

«Non ancora...»

«Ha fatto muffa e umidità. Va risistemata.»

La dépendance è una casupola ai confini del nostro terreno. Sospetto che, all'epoca, mio padre finse di non capire che si trattava di un piccolo abuso edilizio e ne fece una stanza in più, una sezione distaccata della villa da usare quando radunava la sua corte di amici.

Peppino e Giovanna mi accompagnano per farmi constatare di persona le terribili condizioni che hanno annunciato. Al contrario della casa, che mostra solo qualche piccola traccia di usura e di umidità e con pochi interventi sarà come nuova, la dépendance in effetti è al limite del fatiscente. L'odore di chiuso è molto penetrante e l'intonaco è completamente scrostato. Il bagnetto è del tutto inagibile. Non ci voleva.

«Peppino, tu puoi farci qualcosa?»

«Insieme a mio cognato...»

«Quanto potrebbe costare?»

«Per rispetto di suo padre, facciamo duemila euro.»

«Riesci a sistemarmi anche le canne del pergolato?» aggiungo, in via del tutto esplorativa. Non è il massimo cominciare un'attività contraendo debiti. Lo diceva anche Robinson Crusoe che quando si inizia qualcosa bisogna essere certi di avere i mezzi per concludere.

«Signorina Santoruvo, se le sta bene, chiudiamo tutto a duemiladuecento euro e siamo in pace. Ma non lo dica in giro che le ho fatto 'sto prezzo.»

«Più l'IVA?»

Peppino è confuso. IVA questa sconosciuta. «Signorina...»

«Non dire altro. Però vi posso dare cinquecento euro adesso e il resto alla fine della stagione.»

Giovanna e Peppino si guardano in cerca di una risposta. "Sarà solvente?" Si staranno interrogando in siciliano stretto. Ma non devono avere alternative migliori, dunque accettano.

È un'ottima idea ripartire dalla dépendance, da questa stanza in cui non respiro l'aria del passato. Starò bene. Lo spazio è piccolo ma può contenere tutto quello che mi serve: il tavolo da lavoro con il PC e lo scanner lo metterò sotto la finestra a sud; il letto per fortuna è a una piazza e mezza e non è troppo ingombrante; l'armadietto con una sola anta va bene per la roba estiva. Tutto il resto l'ho lasciato a Roma, impacchettato nel garage di un'amica, in attesa che le cose nel mio futuro prendano la forma che desidero.

«Ce la farai a finire tutto in una decina di giorni?» domando a Peppino.

«Una fesseria è», risponde lui, toccando con il dito calloso un pezzo di intonaco che si sbriciola come pasta frolla.

«E come fai senza la cucina?» mi interroga Giovanna, che potrei ribattezzare Grillo Parlante. Però ha ragione. Il fatto che io mi nutra di crudité non esclude che possa avere bisogno di un fornello.

«Lì», dico indicando un angolo al momento occupato da un vecchio vaso di terracotta, «metterò un mobiletto con un microonde, un mini frigo e una macchinetta del caffè. Per l'estate non mi serve altro.» E intanto le spese continuano a salire, pavento mentre poggio lo sguardo sulle condizioni del letto. Il materasso è coperto da un vecchio copriletto impolverato. «Giovanna, non è che ti ritrovi quel coso che igienizza con il vapore?»

«No. Ma lascia fare a me.»

D'istinto sogno di arredare questa stanza per farne un vero nido in cui trovare riparo per i mesi futuri. Ma poi ricordo a me stessa che, a meno di lauti guadagni estivi, dovrò tirare la cinghia. Tuttavia, per una lanterna con una candela venderei l'anima. E vabbè. Attingerò al fondo estremo, quello messo da parte per le emergenze apocalittiche. Dopotutto, questa lo è.

Usciti dalla dépendance, consegno le chiavi a Peppino. Tutt'attorno è pavimentato con ciottoli sporchi per anni di incuria. Leggendomi nel pensiero Giovanna mi rassicura che mi farà trovare tutto pulito, ma io su questo non ho dubbi. Mentre parla dei mezzi con cui lei e il marito rimetteranno a posto la casa, sono distratta dalla figura di un uomo che sta aprendo la porta dell'alloggio del faro, dall'altro lato rispetto a Cala Ventosa. Si tratta di una struttura in grossi blocchi di pietra accorpata alla base del faro, ben visibile perché la distanza tra noi è colmata solo dalla piccola spiaggia di ciottoli della caletta. L'uomo sta avendo il suo bel daffare ad aprire il portoncino la cui serratura ha l'aria di essere difettosa e, benché non possa vederlo distintamente, sono in grado di stabilire che avrà sì e no la mia età.

«Giovanna, chi c'è nel faro?»

Lei si sporge appena per vedere. «Quello è il dottore Tommaso. Fa la guardia medica.»

«È bravo?» le chiedo, mentre continuo a guardarlo.

«Qui non viene gente che ce la sa», considera lei con tono un po' risentito. «Ma a un amico di Peppino ha capito che il bruciore di stomaco era un'ischemia, quindi questo qui tanto male non deve essere.»

«Però! E che ci fa al faro?»

«Ci vive.»

«Non avevo idea che si potesse fare.»

«Eh ma adesso sono arrivati quelli di *Levuratresur*, o come minchia si chiamano. Io dico. Siamo in Italia? Non c'è un nome italiano che gli puoi dare all'agenzia immobiliare?»

«Ma chi? Levura Treasures?» chiedo, riferendomi a una delle agenzie immobiliari dell'isola che ho contattato quando è nata l'idea di far fruttare la villa.

«Loro. Si sentono dei domineddìo...» e non conclude l'osservazione, pur essendo molto accalorata.

«Vorrei dare proprio a loro il mandato di cercare gli inquilini giusti per quest'estate.» La mia intenzione era di capire in che condizioni fosse la villa e a quali spese sarei andata incontro nel caso avessi voluto metterla a posto, prima di firmare un contratto vincolante con l'agenzia. Ma adesso che i piccoli interventi da fare sono stati definiti, e soprattutto lo sono stati i tempi, forse dovrei rifarmi viva.

«Non li hai ancora trovati?» drizza le antenne Peppino, che probabilmente ha già capito che il suo compenso deriva dall'affitto.

«Tranquillo. Figurati se non ci riesco», gli dico, ostentando sicurezza, mentre sfodero il cellulare e cerco il numero dell'agenzia dalla mia rubrica.

Ma non troppo tempo dopo, quando mi trovo al cospetto degli immobiliaristi, il mio ottimismo, che già di suo in genere non si distingue per abbondanza, è destinato a una poderosa smorzatura.

L'agenzia è gestita da due fratelli brianzoli e da un socio palermitano che si proclama esperto del posto e che mette subito le mani avanti.

«Sarebbe più facile venderla, anziché affittarla. Perché la gente che affitta per millecinquecento euro alla settimana – e data la location e il numero di stanze è la somma da cui partirei – vuole almeno i bagni ristrutturati. Non ha pensato di chiedere fondi europei e farci, non so, un B&B? Magari con una bella piscina?»

Un B&B! Papà arriverebbe in ventiquattr'ore dall'America per riprendersi le chiavi di casa e ritirare la donazione e mia madre smetterebbe di rivolgermi la parola.

«In realtà affittarla è l'unica opzione che contemplo, almeno per adesso.»

«Ci proveremo. È una situazione più adatta ai francesi e agli inglesi, che su certe pecche strutturali sono più tolleranti. Escludo gli americani e gli scandinavi.»

«Ma guardi che la casa è in perfetto stato.»

Il palermitano inarca un sopracciglio con scetticismo. «Ah sì? Da quanto non fa una revisione degli impianti?»

«Non so, se ne occupava mio padre... ma negli ultimi anni non è più venuto qui...»

«C'è la TV ad alta definizione?»

«Mi scusi, ma uno che se ne fa quando è in un posto simile?»

«C'è o non c'è?»

«No. Ma c'è un'intera libreria che apparteneva a mio padre...»

«La terrazza è a posto?» mi interrompe lui senza pietà.

«La sistemerò prima dell'arrivo degli eventuali inquilini.»

«C'è l'aria condizionata?»

«Pensavo di installarla l'anno prossimo.»

L'uomo accenna una smorfia che sottende un trionfante "come volevasi dimostrare".

«C'è un barbecue? Molti amano le grigliate all'aperto.»

«Sono vegetariana.»

«Lei. Wi-fi?»

«Sì.» È una clamorosa bugia, ma non tollererei un'altra occhiataccia. Prima affitto, poi ci penso.

«Un'ultima cosa. La casa ha un nome?»

«No.»

«Guardi che spesso è d'aiuto. Non so. Villa Bellosguardo? Villa Roccia Nera? Provi a immaginare l'annuncio: "Arroccata a strapiombo sul mare, Villa Roccia Nera gode di un panorama mozzafiato sia dalle camere sia dall'ampia terrazza…".»

«Ci penserò», dico tanto per dire, ma non ho nessuna intenzione di trovare un nome alla casa. Si dà un nome a qualcuno o a qualcosa con cui si vuole stabilire un legame e non è il mio caso.

«Fissiamo un appuntamento per le fotografie. E si ricordi di preparare i documenti relativi alla proprietà per procedere all'eventuale contratto di affitto.»

Raccatto la borsa di pelle, così dissonante qui, con il suo aspetto cittadino e invernale. Torno a casa a piedi. Nelle ballerine mi entrano piccoli sassolini, anche le mie scarpe risultano fuori posto. Che non lo sia anche io, qui, è ancora tutto da dimostrare.

5.

Rientrata in casa preparo una pappetta a Cassius, in attesa che arrivino con il corriere le scorte di croccantini che ho ordinato.

Poi prendo della carta, i colori, e provo a trovare la concentrazione. Spero che Levura riesca laddove Roma ha miseramente fallito negli ultimi tempi. Confido nelle vibrazioni dell'isola, che con mio padre erano infallibili. Ma lui era lui. Ho il timore che il mio talento creativo si apparenti maggiormente con il non-talento di mia madre. Per stabilire un primo contatto tra la mia immaginazione e il luogo in cui mi trovo, tento di disegnare uno scorcio dell'isola, ma il risultato mi sembra insulso.

Mi blocco, come sempre, in uno stato di avvilimento e prostrazione. È come se compissi lo sforzo fisico di vedere le cose in maniera diversa, più interessante, senza riuscirci. Copio, non invento. Metto in scena mondi cui però non riesco a dar vita. E dire che un tempo era la cosa che mi veniva meglio. Altra carta che finisce stracciata nel cestino. Mi metto a guardare i disegni geometrici delle mattonelle, restandone ipnotizzata. La mente vaga perché niente riesce a tenerla fissa su un obiettivo, ma devo fare appello a me stessa, devo rovistare nel fondo del baule della mia immaginazione se serve, e riuscire a inventarmi qualcosa.

Non posso più contare su nessuno, nemmeno su Pierluigi.

Tecnicamente, Pierluigi è il direttore commerciale di un grande gruppo editoriale. L'ho conosciuto in una fase in cui inviavo indiscriminatamente il mio portfolio per e-mail. Non era una buona strategia, lo so, ma in quel momento, appena scaricata da Cecilia, mi sembrava la sola cosa da fare. Fu l'unico a rispondermi e a volermi incontrare. Tecnicamente, lui è un uomo d'affari, di certo non un creativo. Tecnicamente, Pierluigi e io abbiamo avuto una relazione per due anni. Lui ne ha diciotto più di me e ha una moglie con cui è separato in casa, ma che non lascerebbe mai. La cosa, però, non mi ha mai fatto soffrire. Non sono mai stata innamorata di Pierluigi. Vivevo quella relazione senza coinvolgimento e l'assenza di emozioni mi faceva sentire al sicuro. Nessuno scossone e in più non mi sentivo sola. Pensavo che fosse il massimo cui potessi aspirare.

Tecnicamente, Pierluigi mi raccomandava. Grazie alla sua "buona parola" – più di una in realtà – ho realizzato molte copertine di libri. Secondo me, alcune erano anche migliori del libro in sé, ma questa è un'opinione del tutto personale. Quindi possiamo affermare che sono una persona che è andata avanti spinta dal nome che porta e dalle referenze, chiamiamole così, di un uomo influente. Brutto, molto brutto. Ma per dirla tutta, io mi sono sempre sentita più sporca degli altri e convivo con questa sensazione da tanto di quel tempo che fa parte di me come se si fosse inserita nel mio DNA. Il modo in cui mi percepivo diversa non è mai stato un incentivo a risollevarmi, bensì a perseguire sempre la stessa strada, anche sbagliata, perché tanto io ero già guasta.

Qualche mese fa io e Pierluigi abbiamo chiuso la nostra insipida e inutile relazione. Difficile essere più passivi, in un rapporto a due, di quanto lo fossi io. Non avevo mai voglia di vederlo e forse un uomo di queste cose se ne accorge. E quindi, adesso, sono in condizioni di avere, finalmente, una percezione reale e diretta di quel che valgo. Mio padre ha cambiato radicalmente vita e la gente col tempo dimenticherà il peso del suo cognome; il mio amico influente non mi appoggia più; l'agente che credeva nei miei disegni ha cambiato idea. Cosa resta, del talento di Lena Santoruvo?

La risposta è arrivata ed è stata molto eloquente: poco. Sono una come tante, che puoi silurare in qualunque momento. È una posizione tremendamente scomoda il cui unico vantaggio è l'essere indipendente dal peso dei giudizi e delle relazioni. A volerci proprio vedere un pregio.

E adesso eccomi a Levura, dove non resterò per sempre. Quest'isola deve darmi di che mantenermi finché non mi sarò rimessa in carreggiata. Ho intenzione di aggiornare il mio portfolio e stabilire nuovi contatti individuali con art director di agenzie pubblicitarie, di riviste, di brand che si occupano di prodotti cartacei. Ma tutto questo è possibile solo senza l'angoscia di un conto in rosso. Levura è tutto quello che ho. Solo un'ingrata non si considererebbe fortunata a poter ripartire da una villa su una bellissima isola del Mediterraneo. Un'ingrata. Oppure, qualcuno che ha sperimentato sulla sua pelle che quest'isola può ferire a morte.

Il cielo si sta tingendo delle tonalità più scure della sera. In quella che era la casa del custode del faro e che oggi invece è la casa del medico, c'è una luce accesa. È un edificio borbonico privo di qualunque fascino. Per me, se non altro. Immagino però che per taluni il concetto di vivere in un faro abbia qualcosa di intrigante. Deve fare un certo effetto quando se ne parla con gli amici. Per dirla tutta, il ragazzo che abita lì mi incuriosisce. Ogni sera, passate da poco le sette, litiga con il portoncino, mette in spalla una borsa di cuoio ed esce. Per tutta la notte il faro è disabitato e poi lo rivedo la mattina, a Cala Ventosa. Si sfila la camicia, espone spalle degne di nota, e si immerge in acqua per una decina di minuti. Poi torna al faro a petto nudo per farsi asciugare dal sole. È sempre solo, per quel che ho potuto vedere, e molto abitudinario.

Okay, lo confesso. Ogni tanto lo spio con un binocolo che era nello studio di papà e che ho trovato per caso quando cercavo i documenti per i tipi di Levura Treasures.

Lui è di bell'aspetto. Capelli mossi, scuri, disordinati, e una barba che sembra non donargli, perché il mio sospetto è che il suo volto sarebbe molto più attraente senza. Tra l'altro uno studio svizzero ha dimostrato che la barba di un uomo contiene più germi della pelliccia di un cane. L'ho letto su un quotidiano. Sai che schifo.

Ora che lo sto osservando di nuovo noto che porta una camicia bianca e ho sempre sostenuto che all'uomo che in casa resta in camicia anziché esibire un barbarico torso nudo, vada tributata la fiducia d'essere una persona perbene. Si accende una sigaretta e, mentre fuma, con una mano scorre il cellulare.

Cassius reclama attenzioni mordicchiando l'orlo del mio jeans, distolgo lo sguardo e in effetti mi sento in colpa a continuare a spiare il medico, anche perché, con o senza binocolo, lo faccio abbastanza spesso. Diciamo pure che il suo bagno del mattino è l'*highlight* della mia giornata.

La bestiolina adesso strofina il musetto per ricevere una carezza. Forse ha nostalgia della sua vera proprietaria. Chissà se è ricambiata. Se è così, lei non lo dà a vedere dal momento che non si è più fatta viva. Ma la cosa, devo ammettere con me stessa mentre estendo le coccole al pancino, non mi dispiace.

6.

Peppino e suo cognato hanno iniziato i lavori per le migliorie della casa. Hanno recuperato a Palermo i colori che ho scelto, molte sono tonalità di blu, essendo una località di mare.

Per invogliare i potenziali inquilini ho comprato online qualche suppellettile a tema marino, abat-jour a forma di faro, vascelli da parete, conchiglie di ceramica. Quando sarà il momento di scattare le foto spero possano fare la loro parte, anche se credo che qui a parlare dovrebbe essere il mare. In terrazza resiste agli anni un tavolo rotondo di pietra su cui metterò un cestino pieno di limoni, che fa sempre #siciliabella. Mentre Peppino passa il bianco in cucina, faccio l'inventario di quello di cui c'è bisogno per affittarla per l'estate. Anche su questo, i tipi di Levura Treasures sono stati molto chiari. La gente che viene dall'estero non ha voglia di portarsi dietro lo scolapasta.

Le stoviglie che mia madre ha lasciato non sono in forma smagliante, qualche piatto è sbeccato, ma fa atmosfera. Il set di bicchieri era da dodici, ne sono sopravvissuti nove, ma dovrebbero bastare. Le lame dei coltelli sarebbero da affilare, ma per le tipiche cose che si mangiano in estate, mozzarelle e simili, dovrebbero andare bene.

Le tovaglie hanno un'aria un po' lisa, faccio lo sforzo di comprarne una in sconto. Tovaglioli di tessuto? Non siamo mica a Downton Abbey. Quelli di carta andranno benissimo e ne ordino un tipo con fondo bianco e rami di corallo.

Ho messo il wi-fi. Il conto in banca si asciuga sempre più.

Internet è una magnifica risorsa, ma senza disciplina è un baratro pronto a inghiottirti. Forse era meglio stare senza, ma è veramente un requisito quintessenziale alla locazione stagionale. Oggigiorno la gente senza il wi-fi va in debito d'ossigeno.

Faccio un giro delle stanze per vedere se sono a posto o se manca ancora qualcosa. È incredibile quanta roba serva, stando alle indicazioni di quelli dell'agenzia. Le uniche voci sono quelle di Peppino e del cognato, che parlano tra di loro del lavoro da fare, eppure trovandomi qui, dove sulla linea orizzontale e parallela del passato quindici anni fa accadevano certi avvenimenti irreparabili, la casa sembra ripopolarsi delle stesse persone che c'erano allora, in quell'ultima estate, che non sapevo sarebbe stata l'ultima e che mi avrebbe cambiata così radicalmente. I ricordi appaiono, pur se non richiesti, e i loro nomi mi tornano alla mente.

È come se in tutto questo tempo ne avessi finto la scomparsa, ma gli spazi della mia casa li avessero fatti materializzare come ologrammi. Li vedo, seduti in sala a leggere o a farsi un caffè in cucina. Quell'estate la casa era piena di gente, era il più grande piacere di mio padre invitare gli amici. Lo è ancora, solo che adesso lo fa nel loft di Brooklyn. Per entrare nelle grazie di papà è fondamentale vederla allo stesso modo in materia di libri e di politica economica. Tutto il resto era, e continua a essere, secondario. E forse dovrebbe selezionare i suoi amici con più cura. Ma dico questo con il senno di poi.

Avevo appena finito la quinta ginnasio. L'ultimo giorno di scuola era stato il 10 giugno. L'11 noi tre eravamo già a Levura, dove prevedevamo di rimanere fino ai primi di settembre. Gli amici venivano durante tutta l'estate ma per papà era indispensabile trovare compagnia per agosto perché diceva che senza di loro era un mese deprimente.

Quell'agosto si assemblò la solita combriccola molto stimolante e variegata. Nella stanza blu c'era Freya, la sorella di mia madre. È una dermatologa. Aveva divorziato dopo soli cinque anni di matrimonio e il marito si era arruolato in Medici senza frontiere. Quell'estate fu la prima in cui venne da sola.

Nella stanza verde c'era Paolo. Era stato presentato a papà qualche mese prima da un amico comune, poi si erano rivisti perché faceva il consulente finanziario e lui lo seguì in alcuni investimenti che fruttarono bene. E poiché aveva la reputazione di cuoco eccellente anche solo per passione ed era una persona molto gioviale e simpatica, pensò di invitarlo. In effetti constatammo che cucinava davvero bene, ma tutti dicevano che la sua specialità fosse la sangria. L'assaggiai solo una volta, quell'estate. Non è il sapore adatto al palato di una quindicenne del tutto astemia. Ma mi ricordo molto bene che odore aveva. Quando mi torna in mente il mio cervello fa un lungo percorso di associazioni che mi porta quasi a vomitare. Ho letto che è colpa di una cosa che si chiama sistema limbico, che è responsabile di tutte le nostre reazioni più imponenti e arcaiche. Se un giorno vorrò avvelenarmi, aggiungere qualcosa di letale alla sangria sarebbe infallibile. Paolo si rivelò chiacchierone e allegro e fece colpo su zia Freya. Qualche anno dopo si sposarono in municipio e adesso vivono a Milano.

Nella dépendance mio padre aveva collocato un suo allievo – perché oltre a fare lo scrittore già allora papà insegnava scrittura creativa. Si chiama Fabrizio e venne con la sua fidanzata, Simona. Anni dopo si sono sposati e ci hanno invitati al matrimonio. Lei era una biondina dall'aria un po' fragile, lui un giovanotto con la faccia da cane bastonato piuttosto introverso in perpetua adorazione di mio padre. Diventò uno sceneggiatore anche se i film scritti da lui non li ho mai apprezzati granché.

Nella stanza bianca c'era Enrico, il tipo di persona che se in un locale mettevano in sottofondo il pop latino glielo faceva togliere. Di professione regista, coltivava l'allure dell'uomo di mondo dalle scelte raffinate che non derogava mai ai propri esigentissimi gusti. Veniva ogni anno con la moglie Gabriella, che scriveva per una rivista femminile e non faceva che menzionare conoscenti illustri.

Enrico è coetaneo di mio padre e all'epoca non aveva ancora cinquant'anni. Aveva un'aria molto giovanile, un'espressione furba, da ragazzaccio che la fa sempre franca. Il suo idolo era Nietzsche e lo rifilava di continuo, a volte a ragion veduta, altre volte perché rientrava nel suo personaggio. Quando mi chiedeva cosa avrei voluto fare dopo il liceo, e ancora io non lo sapevo, mi rispondeva «divieni ciò che sei». In generale c'era una citazione adatta a ogni occasione, ma il suo argomento preferito era il comportamento sociale irrazionale del gregge e quando lo tirava fuori tutti pendevano dalle sue labbra. Solo tre anni dopo, in terza liceo, seppi che quello che ero convinta si scrivesse «nice» era, appunto, Nietzsche. Studiarlo mi fece lo stesso effetto della sangria. E all'interrogazione presi quattro.

Enrico era un uomo molto intrigante. Mi guardava come se fossi una persona importante, adulta, e teneva in gran conto quello che dicevo. Anche se a quindici anni per lo più dicevo cose scontate e futili. Ma lui mi ascoltava con profondo interesse. Nessuno penserebbe mai di un uomo del genere che sia capace di fare del male a una ragazzina.

Eppure.

Eppure, la notte di ferragosto di quell'estate, lo ha fatto. Con le sue mani teneva bloccate le mie cosicché non potei toccarlo, ma so che odorava di sangria, so che era forte, troppo forte perché io potessi difendermi, so che ha detto «lo sento che ti piaccio». Era buio pesto, ma non ho avuto bisogno di guardarlo in viso perché sapevo che in parte era vero: lui mi piaceva anche se a quell'età forse ero solo affascinata dal suo carisma. Non credo che i miei sentimenti nei suoi confronti contenessero una venatura minimamente sensuale, ma forse a lui era sembrato così e non me lo perdono, perché se fossi rimasta al mio posto, se non fossi rimasta lì a bocca aperta ad ascoltare quello che diceva su tutto ciò che gli piaceva, forse quell'estate, e con lei la mia vita, sarebbero state molto diverse.

Qualche tempo dopo, quando già da anni non tornavo sull'isola, seppi per puro caso da mio padre che Enrico aveva comprato una casa colonica a Levura sulla strada verso il castello normanno, una casa isolata che si può raggiungere solo a piedi o con il mulo. Fabrizio invece da anni affitta sempre la stessa casetta nei pressi del porto dove attraccano le barche a vela e i motoscafi. Mio padre mi ha raccontato che di sera lasciano la porta aperta e chiunque passi può guardarci dentro. Sempre da lui, ho saputo che Enrico e Fabrizio continuano a frequentarsi durante i mesi estivi.

Non ho mai più rivisto nessuno di loro. Il primo e il secondo anno dopo quell'estate mi impegnai poco a scuola per avere il debito formativo e quindi una scusa per rimanere a studiare a Roma da mia nonna. In pratica fu un autosabotaggio. Il terzo anno fu la volta della maturità e siccome andò bene in un modo che sorprese per primi loro, i miei genitori mi permisero di fare un viaggio in Inghilterra con la mia migliore amica di quei tempi. L'anno dopo ancora si separarono e c'erano problemi più importanti da affrontare del "che fare quest'estate?". Poi papà si trasferì in America e mi donò la casa. Da quel momento, pur sembrando pazza a chi era al corrente della mia neo-proprietà, ho sempre trovato una buona scusa per non andarci mai. Il tempo passò così. Anno dopo anno, estate dopo estate, l'accaduto si ingigantì, prosperò, dilagò in me, divenne un tutt'uno con me, divenne me.

7.

Ho cercato Enrico su Google, anziché fare qualcosa di davvero utile.

In genere evito, perché so che è il modo migliore per entrare in un circuito di brutti pensieri. Però poi, periodicamente, cado nell'errore. Mi aggiorno sulla sua carriera cinematografica e anche su sua moglie, che ha aperto una libreria specializzata in letteratura di viaggio di nome Chatwin. Dalle foto, il negozio è poco più che un bugigattolo e la mia sensazione, se ben ricordo il tipo, è che sia il suo giocattolino. Le pareti sono piene di libri, di foto di località estreme e di mappe di ogni dove. Mongolfiere pendono dal soffitto e un tavolino in un angolo ospita un bollitore di design vintage verdementa, delle tazze bianche e una selezione di tè e tisane. La libreria ha un profilo Facebook su cui la gente scrive messaggi di gratitudine per il tempo trascorso lì. Ieri qualcuno ha chiesto: *Siete aperti la settimana prossima?* La risposta è stata: *No, siamo a Levura per il compleanno di Enrico.*

Quindi sono qui, adesso. Se faccio un giro per comprare qualcosa, o perché banalmente mi va, corro il rischio di incontrarlo e di implodere per tutto l'insieme di sentimenti che provo. Paura, rabbia, indignazione. Mentre mi verso dell'acqua le mani tremano e sento esattamente quello che temevo, ovvero inquietudine e infelicità. L'unico modo che mi viene in mente per curare il malessere è disegnare.

Senza, per una volta, immaginare un destinatario, disegnare e colorare solo per scaricare i nervi, come si fa con i mandala, per far pace con il mondo e con sé stessi. Uso solo colori scuri, che in ogni caso non lo sono più dei miei pensieri, e quando ho concluso il risultato è così deprimente che finisce, tanto per cambiare, nel cestino. Mi sembra inconcepibile anche solo l'idea di poter fare pace con me stessa.

Nel pomeriggio, sono più calma. Ma i fogli sulla scrivania continuano a essere vuoti.

Mio padre dice che quando si ha il blocco dello scrittore è indispensabile camminare. Non obbligarsi mai a riempire pagine di parole che non si amano, piuttosto uscire e prendere una boccata d'aria fresca. Osservare la gente, saccheggiare le vite degli altri. Secondo lui i bar e le caffetterie sono i luoghi più proficui per questo scopo. Anche se non sono una scrittrice né un'inventrice di storie, spero che il suo suggerimento funzioni sulla mia immaginazione. Decido quindi di seguire il suo insegnamento, anche correndo il rischio di incontrare Enrico, del resto non posso seppellirmi in casa. Mi faccio andare bene l'unico bar che c'è in tutta l'isola, un piccolo locale con la terrazza affacciata sulla costa est. I tavolini di alluminio sono gli stessi di quindici anni fa, ormai opachi per l'usura. La luce ha una tonalità calda, come infusa dei colori del tramonto all'altro lato dell'isola. Non una nube in cielo.

Chiedo una granita alla fragola con l'aggiunta di panna. Mentre affondo il cucchiaino in quella goduriosa morbidezza da tremila calorie sono interrotta sul più bello da una voce che non conosco.

«Posso sedermi?»

È la prima volta che lo vedo di persona e senza il fido binocolo, ma sono abbastanza sicura che si tratti del mio vicino di casa, il medico Tommaso.

Una vampa di timidezza mi paralizza la lingua. Mi sento un po' in colpa per le volte in cui l'ho spiato: lì per lì mi sembrava una cosa innocua, ma adesso che me lo trovo davanti in carne e ossa sento di avergli mancato di rispetto.

«Preferisce di no, ho capito», dice, pronto a chiedere ospitalità a qualcun altro, perché in effetti tutti i tavolini sono occupati. Mi lusinga essere stata la prima cui ha chiesto.

«Mi scusi. Certo che può sedersi. C'è spazio per due», mi affretto a dirgli e gli indico una delle sedie di plastica appiccicosa.

«Tommaso», si presenta, porgendo la mano. «Ma niente lei, ti prego.»

«Lena», rispondo, dando la mia, in una stretta rapida.

In lontananza, il suono greve di una nave traghetto che costeggia Levura per raggiungere la città e lo starnazzare di una combriccola di giovani americani un po' chiassosi.

«Sei qui in vacanza?» mi chiede, un modo come un altro per fare conversazione mentre condividiamo il tavolino.

«Non proprio.» Troppo complicato da spiegare. E d'altra parte, se gli dicessi che casa mia è vicina alla sua equivarrebbe ad ammettere che ho notato la sua presenza. Lui porta indietro la massa di capelli scuri e il suo sguardo si perde sulla linea dell'orizzonte. «Tu, invece?»

«Lavorerò qui come medico di guardia fino alla fine di novembre. Sono arrivato il mese scorso da Milano.» Pronuncia la erre arrotata, in maniera lievissima, ben lontano dal suonare come un difetto.

«Che scelta radicale, da una metropoli come Milano a un posto come Levura...»

«Non sempre si ha scelta», replica, asciutto. «Ma ciò non toglie che sia bello cambiare, anche inaspettatamente», aggiunge, con un tono più morbido. Non mi trovo molto d'accordo, ma del resto non definirei me stessa una persona flessibile. Rispondo, assai più semplicemente, con una sequela di: «Sì, certo, chiaro», che non vogliono dire nulla.

«Come mai sei a Levura se non in vacanza, se posso chiederlo?» mi domanda lui.

«Ho una casa, ma non ci venivo da anni.»

«È un bel posto in cui avere una casa», dice pensoso. «Hai amici qui?»

«Non direi», rispondo, piuttosto categorica. Parliamo poi in maniera superficiale, come del resto ci si aspetta tra due sconosciuti, della macchina del caffè che i gestori del bar dovrebbero decisamente cambiare, del tempo – con quello non si sbaglia mai – e di Cala Ventosa. Siamo entrambi d'accordo sul fatto che è il posto più bello del mondo e con il pretesto scopriamo – ma che sorpresa! – che siamo anche vicini di casa. A invogliarmi a continuare la conversazione è una curiosità istintiva, ma anche l'ammettere con me stessa che, se il mio rapporto con gli uomini fosse normale e non spaventosamente compromesso, è proprio da un ragazzo così che mi sentirei attratta. Gli chiedo quindi: «Ti piace lavorare qui?».

«Be', diciamo che al momento va bene. Vivo un po' alla giornata.»

«Anche io.»

«Capitano fasi così», aggiunge, prima di finire il suo caffè freddo. Poi guarda l'ora. «Ho un appuntamento fuori programma in ambulatorio. Devo andare. È stato un piacere, Lena.»

Poco dopo, quando vado alla cassa per pagare, scopro che lo ha già fatto lui. E che ha lasciato un bigliettino per me, con le dieci cifre del suo numero di telefono.

Sulla strada del ritorno, stringendo nel palmo della mano il pezzo di carta, mi accorgo della lenta avanzata di una coltre grigia di nubi cariche di pioggia. Anche l'odore dell'aria è cambiato, adesso è quello di terra umida e di foglie peste. Rientro prima che il fragore di un tuono squarci il silenzio di casa e non mi resta che assistere impotente allo scatenarsi di una violenta tempesta.

Barricata tra le mie quattro mura, sento l'isola tremare e, guardando oltre la finestra, vedo sfaldarsi il pergolato che Peppino aveva appena rimontato.

Lo chiamo quando la bomba d'acqua ha appena divelto definitivamente le canne.

«Peppino, un grande guaio!»

«Signorina Santoruvo, la pioggia si poteva in qualche modo prevedere, ma quanta ne scarica, no...»

«E ora come faccio io?»

«E vabbè, si rifà appena torno da Palermo. Solo alla morte non c'è rimedio.»

Dopo un altro tuono, la comunicazione si interrompe.

Non mi resta che guardare dall'interno il disfacimento dei lavori degli ultimi giorni. Avevo appena sistemato il giardino e collocato in terrazza dei vasi di fiori che adesso si sono ribaltati sulle mattonelle. Mi sento un po' avvilita: ha ragione Giovanna quando dice che il buco dell'ozono è l'origine di tutti i mali.

Cassius ha paura dei tuoni e viene a rifugiarsi nel mio letto. Il cielo e il mare ululano fino alle cinque, quando pian piano si placano e tutto torna alla normalità.

8.

Al mattino l'aria è fredda e umida. Dopo il caffè, avvolta nel solito cardigan, esploro l'esterno per verificare i danni: la catastrofe davanti a me mi abbatte definitivamente.

Cassius mi guarda sconfortato. Poi si colloca in un angolino, dove dopo un po' inizia a girare su sé stesso per mordersi la coda e dove lo lascio per il tempo necessario a mettermi abiti adatti al duro lavoro. Lego i capelli con una bandana e prendo un secchio pieno d'acqua, lo scopettone e gli stracci, e inizio a pulire. È decisamente faticoso ma, mentre gattonando sfrego le piastrelle e raccolgo la terra rovesciata dai vasi, sento la testa svuotarsi di tutti i pensieri più angosciosi. Perché nessuno mi ha mai detto che il lavoro fisico fa così bene allo spirito? È catartico. Dopo due ore sono carica come non mi sentivo da mesi ma, se il terrazzo brilla, in compenso io sono ridotta malissimo. Mi sto guardando le dita arrossate quando, con la coda dell'occhio, vedo che, al di là del mare, dal suo faro, Tommaso si sbraccia per attirare la mia attenzione. Gli rispondo emulandolo, fiduciosa che la distanza sia sufficiente per non accorgersi del mio aspetto un po' sciatto. Con la mano allora lui mima la cornetta del telefono. Il suo biglietto è ancora sul comodino della mia stanza, dove l'ho lasciato ieri, indecisa se interpretare la parte della ragazza capace di flirtare, o se lasciar perdere. Ho sospeso il giudizio perché poi nel frattempo si è scatenato il diluvio e avevo pensieri più incombenti, ma a questo punto non posso che chiamarlo, e sotto sotto non mi dispiace affatto. Compongo il numero e lui risponde prontamente.

«Scusami», esordisce. «In genere non sono invadente. Volevo chiederti se hai avuto danni per il temporale e se hai bisogno di aiuto.»

Non posso che essere colpita da tanta gentilezza. «È davvero un bel pensiero, ma non credo, a meno che tu non sia un operaio. Il pergolato purtroppo è andato. Le canne si sono sfaldate tutte.»

«No, non sono un operaio, ma con i lavori manuali me la cavo. Posso dare un'occhiata, se vuoi.»

Solo una scema rifiuterebbe. O magari una che nelle relazioni è un disastro. Ho sempre dato la colpa dell'incapacità di lasciarmi andare a quello che mi è successo. Non è stato un buon modo di inaugurare i rapporti con l'altro sesso ed è già un miracolo che non abbia risposto con scelte estreme come l'assoluta castità.

E invece nonostante tutto ci ho provato, a innamorarmi e a farmi amare.

Ma la paura non è più quella di trovarmi da sola in una stanza con un uomo più o meno sconosciuto che possa farmi del male. Né più di provare di nuovo quelle sensazioni di costrizione e di umiliazione nel non poter reagire.

Quello che mi succede adesso è diverso: io non sento più niente.

Assolutamente niente.

Nei momenti di intimità non riesco a concentrarmi su quello che provo, o potrei provare. Le sensazioni piacevoli vengono rimpiazzate quasi istantaneamente dal ricordo di quando sono stata usata come un oggetto, ed è in un oggetto che tendo a trasformarmi. A volte ho l'impressione che in quei momenti il mio corpo volontariamente diventi di pietra.

Ma è pur vero che voglio essere una ragazza come tutte le altre, che se si prende una cotta per un ragazzo non scappa ma, anzi, cerca di far funzionare le cose.

«Mi farebbe piacere, certo. Grazie.»

Ho calcolato la distanza. Dal faro a casa mia, a piedi, ci vuole solo il tempo di costeggiare Cala Ventosa. Dovrebbe bastare per rendermi presentabile.

Quando si affaccia al cancello ho fatto in tempo a mettere un abitino pulito e a coprire le occhiaie. Dal canto suo, lui ha l'aria rilassata, con i capelli scuri e spettinati, una maglietta bianca e, sotto il braccio, rotoli di spago di canapa.

«Mi sono avanzati dai miei cannicci», spiega. «Ogni tanto la fortuna dà una mano.»

Quando ride le sue folte sopracciglia brune si abbassano ai lati, la fronte si corruga profondamente e il naso si arriccia. Ha un sorriso incantevole.

«Vediamo un po' che danni ci sono», dice, dirigendosi verso la terrazza. Cassius lo segue con un'espressione stizzita. Quando Tommaso restituisce lo sguardo, lui esibisce i dentini mignon e nel tentativo di ringhiare la lingua gli esce di lato. Vederlo muoversi in casa è destabilizzante.

Tommaso mi chiede una scala, che è rimasta nella dépendance dove Peppino ha iniziato i lavori affinché sia pronta entro i primi di giugno, quando spero arrivino degli inquilini.

Ci impiega del tempo, perché alcuni cannicci si sono rotti ma lui si mette a rabberciarli con pazienza. Non ci sono più nuvoloni, il vento di ponente li sta spingendo verso le coste tirreniche della Calabria e il sole si manifesta in tutto il suo splendore.

«Com'è vivere in un faro?»

«Ha un suo perché. E poi non pago l'affitto se faccio dei lavori di restauro», risponde mentre annoda le cime di due spaghi.

«E tu li hai fatti?»

«Nella mia vita precedente ero un tuttofare. E *voilà*. Ho finito», dice, pulendosi le mani sul jeans scolorito.

«Grande! Che sollievo!» gli dico, sinceramente. Poi, guardando l'ora, mi rendo conto che a questo punto è uno solo il passo da fare.

«È l'una... vuoi fermarti a pranzo?»

Scuote il capo d'istinto. «Non occorre davvero...»

«Mi sembra il minimo per sdebitarmi...»

«Non ti devi sdebitare, mi fa piacere rendermi utile», risponde, mentre sta rimirando compiaciuto il lavoro che ha fatto.

«Anche a me fa piacere pranzare con te.» Non volevo dire questo, o meglio, non volevo trasmettergli un invito così esplicito, volevo solo essere gentile, ma fatto sta che mi è uscita così e non posso rimangiarmela.

Lui mi rivolge uno sguardo sorpreso. «Be', quand'è così...» ribatte, senza completare la frase, ma svelando un certo interesse e, mentre gli sorrido con un'espressione ebete, mi sento chiamare da una voce acuta, cantilenante, molto, troppo, familiare.

«Leeeena...»

Mi volto di scatto verso il cancello, dietro il quale vedo una donna dai lunghissimi capelli glicine che saluta con la mano piena di anelli indiani. Dio mio. Non posso crederci.

«Oh, no», mi scappa di dire.

«Che succede? Qualcos'altro di rotto?» chiede Tommaso, guardandosi attorno alla ricerca di problemi alle travi o alle colonne.

«Peggio. Mia madre.»

«Che sorpresa», le dico, aprendo il lucchetto del cancello.

«Mia libellula!» esclama, abbracciandomi stretta e lasciandomi l'impronta del rossetto sulla guancia. Con la solita parlantina inarrestabile mi rifila una serie di motivazioni vaghe e incoerenti com'è nel suo stile per cui non poteva fare a meno di venire e al contempo di non dirmelo. Ma è costretta a interrompersi quando si trova di fronte Tommaso, che nel frattempo ci è venuto incontro.

Mia madre è piacevolmente colpita e porge la mano decorata con tatuaggi all'henné.

«Metella», si presenta. Lui fa lo stesso, e io mi sento di precisare: «Tommaso vive al faro. Mi ha aiutata... perché stanotte c'è stato un nubifragio che ha fatto molti danni».

«È meraviglioso avere un vicino che si prodiga così!»

«Tommaso si ferma per pranzo», aggiungo, non so perché. Forse sono in imbarazzo e non ho idea di cos'altro dire.

«*Magnifique!* Lena, vuoi accompagnarmi nella mia stanza?»

A Tommaso dico un vago «a dopo» e lo lascio in terrazza

a guardare il mare, senza nemmeno avergli offerto da bere. Ma considerato che ho solo latte d'avena, non farebbe grossa differenza.

«È molto carino», sussurra mia madre, mentre saliamo le scale. «Che fa qui?»

«Il medico», rispondo, parca di dettagli.

«Wow! E per di più è bravo nei lavoretti domestici. Adoro. E brava la mia libellula.»

«Mamma, l'ho conosciuto ieri.»

«Si deve pur iniziare da qualche parte. A proposito, forse è ora di cominciare con l'acido ialuronico.»

«Sono contraria a queste cose. Le sperimentano sugli animali.»

Mia madre si blocca sulle scale e mi scruta severamente. «Bene. Allora tieniti la pelle a pergamena. Quando resterai zitella, saprai di aver rispettato gli animali. A proposito, ma cos'è quello sgorbietto in giardino?»

«Cassius. Ce l'ho in affido, diciamo così.»

«Affido significa che poi quindi lo restituirai al proprietario?»

«In teoria, sì.»

«Meno male.»

Mia madre riprende possesso della stanza padronale. Poggiata sul letto la valigia inizia a sistemare i vestiti nell'armadio.

«Questa casa è, senza dubbio, la cosa che più mi manca di tuo padre», annuncia senza nessun livore ma come mera constatazione.

«Mamma, non vorrei mai essere sgarbata con te, figurati, ma quanto ti fermerai? Tu lo hai capito che voglio dare in affitto la casa, vero?»

Lei si sofferma un attimo su quello che ho detto, perché forse non l'aveva preso in debita considerazione quando gliene avevo parlato.

«Sì che l'ho capito e, per quanto io contesti visceralmente l'idea, non sono in condizioni di proibirtelo. Vuoi dire che hai già trovato qualcuno?»

«Non ancora.»

«Allora il problema non si pone. Tu dormi nella tua stanza?»

È vicino alla sua. Ma non potrei mai prendere sonno in quel letto, per questo ho scelto la blu nel seminterrato.

«No, in una delle stanze degli ospiti. Sono strana, lo so...»

Ma lei mi interrompe. «Chi sono io per dire che sei strana? C'è gente che si fa il test del DNA in casa per sapere se ha antenati vichinghi. Non sarai più strana di loro.»

E così ha risolto la questione.

È sempre stato questo il problema di mia madre. Che non si chiede mai in profondità il perché delle cose.

Non le ho mai raccontato cosa è successo. Mai segreto è stato custodito meglio del mio. Con lei tuttavia non è stato difficile, perché si è sempre accontentata della risposta più semplice. Rasoio di Occam spinto all'eccesso. Ma a volte con le persone non funziona così. La risposta più ovvia, in certi casi, è proprio quella sbagliata.

9.

Ho raccolto un po' di fiori in giardino e li ho messi in un vaso trasparente per farci un centrotavola e nobilitare il pranzo spoglio che servo ai miei commensali, costituito da pomodori e mozzarella in scadenza. Mi fanno compagnia il miagolio di un gatto cui piace fare baruffa e l'instancabile rimestio del mare sui ciottoli di pietra vulcanica.

Forse ispirata dal ricordo del tipo di conversazioni che si svolgevano in questa casa, mia madre tira fuori dal repertorio il suo cavallo di battaglia: la *Recherche* di Proust. Ma su Tommaso il suo mesmerismo intellettuale non ha alcuna presa, lei allora per fortuna ci rinuncia e lo esorta a parlare di sé, il che risulta molto più interessante.

«Qual è la tua specializzazione?» gli chiede, versandosi dell'acqua.

«Sono un chirurgo», dice lui con uno sprazzo di inconscio orgoglio.

«Molto, molto interessante. E cosa ci fa un brillante chirurgo al lavoro in un posto così?»

«Be', qualcuno deve pur fare il medico sulle isole. È la legge. In realtà siamo due. Uno è il medico di base, che per gli abitanti di qui è come un parente. Io copro il servizio di continuità assistenziale, quella che un tempo era chiamata guardia medica. E così lavoro di notte e nel week-end. E per rispondere alla sua domanda, Metella, non è detto che io fossi un così brillante chirurgo.» Pronuncia le ultime parole senza alcuna amarezza.

«Ti ricordi, Lena, quell'estate in cui ti è venuta la febbre e sei stata malissimo e ti ho portata dal medico di guardia che c'era qui? Ne capivo più io di lui.»

Una semplice febbre. Come no. La sua fiducia in me era lusinghiera, in genere si diffida di quello che raccontano gli adolescenti, ma mia madre non dubitò mai di me.

La mattina che seguì quella notte avevo un aspetto orribile, ero pallida, il viso gonfio per il pianto. Mi sentivo assente perché avrei voluto essere altrove, essere come un geco sul soffitto che in qualunque momento, se lo desidera, può uscire dalla finestra. Avrei voluto seppellirmi nella mia stanza finché non fossi stata certa che Enrico e consorte fossero ripartiti ma mia madre insisté per andare dalla guardia medica. Raccontare ai miei genitori quello che mi era successo non era un'opzione che mi sembrava possibile. Ma non voglio essere ingiusta con loro, sarebbero andati fuori di testa se avessero saputo la verità, però io sentivo dentro di me il bisogno di negare l'accaduto. Se avessi detto tutto ne sarebbero derivate delle conseguenze che avevo troppa paura di accettare.

Con il medico non fu necessario fingere: mi era veramente salita la febbre. Annoiato e superficiale, prescrisse tachipirina e riposo e a me andò benissimo così, che anche lui non chiedesse niente di più, che controllasse se avevo la gola arrossata e che non sospettasse nient'altro.

«Spero che Tommaso sia più attento verso i pazienti», rispondo, dopo aver mandato giù un po' d'acqua.

Lui sorride. «Diciamo che c'è tutto il tempo di essere attenti. È una dimensione molto, molto rilassata.»

«Be' ma a breve l'isola raddoppierà, o forse triplicherà, i suoi abitanti», incalza mia madre.

«Non li temo», la rassicura lui, imperturbabile. Soffonde una luce rassicurante, come se niente fosse mai un vero grosso problema. Lo sto fissando e me ne rendo conto quando lo squillo del telefono di mia madre mi distoglie. Per fortuna lui non sembra essersene accorto.

«Freya! Sì, sono arrivata. Il viaggio tutto bene. Certo che Lena è stata felice, adora le sorprese. Voi come state?»

Segue un breve scambio di chiacchiere tra loro durante il

quale Tommaso giocherella oziosamente con un po' di foglie che si sono raccolte sul tavolo. Dopo i saluti, mia madre fa una di quelle sue proposte detestabili che spaccia per idee grandiose.

«Perché non invitiamo zia Freya qui? Sono sicura che accetterebbe. Freya è mia sorella», aggiunge, a beneficio di un disinteressato Tommaso che però annuisce educatamente, «qui ha conosciuto il suo attuale marito, per loro è un luogo del cuore.»

«O anche no», mi scappa di dire.

Ma lei mi fulmina con lo sguardo prima di aggiungere: «Credo che ci dovresti pensare...».

«Mamma, sai che sto aspettando risposte per dare la casa in affitto. Come faccio a sentirmi libera di invitare qualcuno?»

«Certo... Però con la zia non ci sono formalità. Se poi fosse necessario sgombrare il campo agli inquilini, lo farebbe senza problemi.»

«Sì, ma come si organizza con il biglietto dell'aereo?»

«Be', senti, secondo me dovresti chiederglielo. A lei farebbe piacere e poi non vi vedete da un sacco di tempo.»

«E dobbiamo farlo proprio qui?»

«Perché non qui!» è la sagace risposta di mia madre. Uno dei motivi per cui tollero poco la sua presenza è che finisco sempre per fare quello che vuole lei.

Ma d'altra parte non posso spiegarle che mi peserebbe tanto ospitare zia Freya e Paolo perché mi sembrerebbe di ricreare le condizioni di quell'estate. Anche se loro non hanno niente a che vedere con quello che mi è successo, allestirei uno scenario simile e questo non mi farebbe stare bene.

La parola giusta, che descrive precisamente e penalmente i fatti che sono accaduti, non riesco nemmeno a pronunciarla. Mi incide un taglio nella pelle ogni volta che leggo sui giornali che è successo a un'altra persona, e mi illudo che non riguardi me, che a me sia capitato qualcos'altro. O che forse sto soltanto sognando e non mi sono ancora svegliata.

«Okay mamma. Invitali, se ti fa piacere», mi ritrovo a dire.

Lo sguardo di Tommaso transita da lei a me, curioso ma privo di giudizi. Accetta di concludere il pranzo con il caffè e poi tollera con ammirevole pazienza le domande di mia madre su un dolore al fianco che ha da mesi, che non è troppo forte, no, ma tanto fastidioso, e si accentua se mangia formaggio, che se c'è una cosa che adora è proprio quello e in Francia ce ne sono più di quanti non si riesca a mangiare in una vita intera…

«Scusala», gli dico, accompagnandolo al cancello. «È un po'…» mi inceppo, ma mi rendo conto che non occorre aggiungere altro, gli era già chiaro che mia madre è indefinibile.

«È tutto okay, davvero», risponde con naturalezza. «È uno spasso, invece.»

«Non lo è, ma grazie per averlo detto.»

Lui sorride, non insiste, sembra voler dire qualcos'altro che non c'entra nulla, non la dice e dopo un saluto formale – una stretta di mano! – se ne va.

«Freya? Ho parlato con Lena. Mi diceva che le piacerebbe moltissimo se veniste il prossimo week-end, come ai vecchi tempi. Purtroppo non può chiedervi di trattenervi per più tempo perché poi ha altri programmi.»

La conversazione si svolge in giardino, mentre io sto provando a legare la vecchia amaca tra due alberi ed è un'operazione più difficile di quanto mi aspettassi. Quando conclude la telefonata con la sorella, mia madre mi trova con la fronte imperlata di sudore.

«Potevi aspettare, ti avrei aiutata.»

«Hai già lavato i piatti e so che odi farlo.»

Mi stringe con affetto, come le mamme fanno con i figli, come se fossero sempre bambini.

«Ma perché se ti abbraccio ti prende il *rigor mortis*?»

«È così con tutti», le dico per rassicurarla.

«Spero proprio *non* con tutti…» mi corregge lei, scombinandomi i capelli – cosa che mi infastidisce molto più degli abbracci. Si guarda attorno, mentre un soffio di vento solleva le foglie dal lastricato e preannuncia l'arrivo della pioggia. «Non permettere alla vita di trasformarti in una stronza», mi dice all'improvviso, guardandomi intensamente. Ma prima che possa risponderle, il sopraggiungere di Cassius compie l'esorcismo. Lo spirito da grande saggia, dall'essenza assai più volatile, esce dal corpo di mia madre. Il cagnetto la fissa con aria molto pretenziosa, come a volerle dire: "Bellezza, chi ci crede?".

Di sera è piovuto di nuovo. Secondo Giovanna, che è passata a portare una torta fatta da lei ed è stata felice di ritrovare mia madre, sarà l'ultima della stagione, poi l'estate ci travolgerà tutti.

Ceniamo sul divano in sala e da lì ci godiamo il picchiettare delle gocce sul vetro delle finestre. Mia madre tira fuori il suo PC dalla borsa: Ava d'Aulnay deve consegnare il nuovo volume, le lettrici fremono dalla voglia di leggere le evoluzioni sexyrosapornochic della sua protagonista.

«Tu sei riuscita a sbloccarti?» mi chiede mentre inserisce la sua password.

«No. Ma magari ci riesco qui.»

«Sperare non costa nulla, ma ho paura che questo posto avesse influsso solo su tuo padre. Io, per esempio, non sono mai riuscita a concludere granché.»

«Però i suoi amici... quelli che alla fine hanno preso casa qui, lo hanno fatto perché si sentono ispirati da Levura.»

«Se la raccontano così», obietta, palesemente scettica.

Il foglio di carta davanti a me è spietatamente bianco. Il tempo passa mentre fisso le due grosse oche di bronzo che da sempre sono gli ornamenti di due vani simmetrici sotto il tetto, accanto alla porta finestra che dà accesso alla terrazza. Mollo tutto dopo dieci minuti.

«Mia libellula, sai come diceva Picasso? L'ispirazione esiste, ma deve trovarti già al lavoro.»

«Sì, sì», le dico, come quando a scuola mi incalzava per farmi studiare.

Vado nello studio di papà e prendo il binocolo. Spengo tutte le luci e do una sbirciatina al faro. Tommaso non c'è, tutte le luci sono spente. Sarà già andato al lavoro. Ne parla poco, ma nonostante l'aria pacifica da monaco nepalese, sembra prenderlo molto sul serio.

«Che fai, lo spii?»

«Ogni tanto.»

«Fa vedere anche a me», dice mollando sul divano in fretta e furia la Contessa di Merlimont, la protagonista dei suoi romanzi.

«Non c'è niente da vedere, è già andato via.»

«E dov'è?»

«Lo sai che lui lavora di sera», rispondo un po' spazientita.

«Mi ha appena scritto la zia Freya. Lei e Paolo arriveranno questo sabato.»

«Non hanno perso tempo», borbotto un po' acida.

Mi giunge un'occhiataccia. «Paolo è un bravo cuoco, anche se non lo fa di mestiere. E dato che quale sia la sua vera professione non ci è mai stato chiaro perché questi che lavorano nella finanza non si capisce mai bene quello che fanno, tanto meglio che almeno cucini bene.»

«Così saremo dispensate dal farlo noi.»

«Vedi che alla fine ho sempre ragione?» aggiunge, prima di inforcare gli occhiali zebrati e di astrarsi per varcare la soglia immaginaria di Versailles, dove abitano la contessa e soprattutto il marchese perennemente eccitato che non le dà tregua.

Io torno ai miei fogli e disegno una tipica casa isolana, la facciata bianca, le persiane azzurre, la bougainvillea fucsia.

«È molto carino», osserva mia madre, sbirciando il mio lavoro.

«Tieni. Se ti piace tanto, te lo regalo. Per me non vale niente», concludo porgendoglielo.

Metto via i miei colori, mentre lei obietta che non è vero, che non ho fiducia in me eccetera eccetera. Io ascolto parzialmente, le dico buonanotte, e mi ritiro con Cassius.

10.

Nei giorni successivi il tempo cambia.

Fa così caldo che mi viene voglia di un bagno. Dietro casa nostra l'accesso a Cala Ventosa è attraverso una scalinata ripidissima che alla fine di maggio è ancora praticabile senza collassare per la calura, ed è così che mi avventuro fino alla spiaggia di ciottoli.

Avevo dimenticato quanto male facciano alla pianta dei piedi, ma al contempo quanta pace si riesca a trarre dal contatto con l'acqua limpida anche senza immergersi del tutto, semplicemente lasciandosi lambire la pelle.

Ancora nessuna barca ormeggiata a poca distanza, ma entro qualche settimana i villeggianti la scopriranno e arriveranno a nuoto fin qui. Poche cose sono certe come che lo ricorderanno come uno dei bagni più belli della loro vita.

Risalgo la scalinata godendomi il vento denso di salsedine. In terrazza mia madre lavora al computer ascoltando musica classica mentre aspetta l'arrivo della sorella.

«La zia Freya ricorda come si arriva qui?»

«Dice di sì. Aveva il volo all'alba ed è già sbarcata. Paolo ha voluto fermarsi a comprare il pesce da cucinare per pranzo, Dio lo benedica. Vogliamo invitare anche Tommaso?» chiede, facendomi l'occhiolino.

«Mamma, non sono la protagonista di uno dei tuoi romanzi», le ricordo.

«No, purtroppo. Athenaïs mi dà più soddisfazione.»

«Vince facile con me.»

«Comunque avremmo potuto invitarlo perché anche

Freya è un medico. Magari gli faceva piacere scambiare due chiacchiere con una collega. E anche un pasto caldo. Hai sentito cosa raccontava? Sopravvive con insalate e pizze surgelate. Che in ogni caso non mi sembra gli facciano male. Ha un colorito migliore del tuo.»

«Ti ricordo che ci ha detto che di sabato lui lavora. Non sono tutti dei mezzi nullafacenti come noi.»

«Parla per te, mi manca un clic e ho mandato le bozze all'editore. E poi, lasciatelo dire, che vuoi che abbia da fare, qui? Secondo me c'è venuto apposta per lavorare poco. È un caro ragazzo ma si vede che non è brillante.» Di una persona, mia madre dice sempre prima una cosa bella poi una brutta. Per esempio: «Io voglio bene a X, però è cretina». Ecco, mia madre è così.

«In effetti sulle ragioni di questa sua scelta è sempre un po' evasivo.»

«Sarà un pelandrone», conclude lei, tornando a puntare gli occhi sul monitor del PC. Ma il suo impegno ha vita breve, al cancello di casa si è presentata zia Freya in caftano oversize arancione e sandali di cuoio.

«È già luglio qui!» cinguetta tutta estasiata sventolandosi con un ventaglio del genere souvenir dalla Spagna. Al suo fianco, Paolo porta il trolley e il sacchettino con il pesce avvolto nella carta per alimenti.

Sono stata al loro matrimonio, tre anni dopo quell'estate. Ma si sa come succede alle cerimonie, con gli sposi scambi sì e no tre parole. Li incontrai poi un'altra volta, un Natale di qualche anno fa in cui ci ritrovammo tutti a casa di mia nonna. Io da Roma, mamma da Parigi, zia Freya da Milano. La nonna morì l'anno dopo, così ci rivedemmo al funerale e di fatto non li vedo da quel dì. Nella nostra famiglia non siamo soliti creare frequenti occasioni di incontro, siamo disgregati, ma lo accettiamo come condizione della vita, senza che ci pesi.

Anche Paolo è in tenuta da ferie. Si è messo un cappello tipo Panama, una camicia di lino bianca e i bermuda color corda. Se non fosse che il loro colorito è ancora invernale, entrambi sembrerebbero due turisti in piena stagione estiva.

«Lena, bella di zia! Sei una meraviglia!» Non posso sottrarmi al suo abbraccio e subito dopo a quello di Paolo che è molto più debole, sia perché lui è esile, sia perché, in definitiva, malgrado la parentela, ci conosciamo poco. Sono invecchiati entrambi, è ovvio, il tempo non ha pietà per nessuno, eppure in questo istante per me è come se non fosse trascorso un solo giorno da quella vacanza con loro e questo probabilmente mi rende fredda più di quanto vorrei e, soprattutto, più di quanto loro meritino.

Inconsapevole delle tenebre che mi porto dentro e per colpa anche della mia accoglienza insulsa, mamma rindossa senza nessuno sforzo i panni della padrona di casa. Li accompagna in quella che era la stanza verde, che ho ritinteggiato di una tonalità un po' più marina, e da cui emergono mezz'ora dopo, con i capelli ancora umidi.

Paolo recupera subito confidenza con la cucina e si mette a pulire il pesce. La zia nomina per un momento la sangria – il trucco segreto di Paolo è il Cointreau – e a me si accappona la pelle. Il detonatore della violenza di quel ricordo e del ricordo di quella violenza è sempre una sensazione fisica, casuale solo all'apparenza. Il sapore della cannella, dei chiodi di garofano, delle arance, delle pesche, del vino. Una madeleine proustiana che funziona al contrario. L'aveva preparata lui quella sera la sangria, sì, ma l'avevano bevuta tutti tranne lui. Raccontava infatti che maneggiare gli ingredienti, assaggiarli, sentirne gli odori, di per sé già lo saziava. Come in un déjà-vu il racconto si ripete anche oggi. La zia aggiunge: «Lui è magro come un chiodo, e io mi faccio sempre più cicciona. Sembriamo Gianni e Pinotto». Mia madre nel frattempo fa da assistente sminuzzando il prezzemolo. Zia Freya stappa una bottiglia di prosecco e dice: «Apriamo le danze e brindiamo a questa casa e alla sua nuova proprietaria. Bisogna dire che una volta tanto Ennio ha fatto le cose come Dio comanda».

«Be', allora a papà», dico, tenendo tra le dita il bicchiere, pronta al brindisi.

«A tuo padre», incalza mia madre, con un'espressione di rimpianto camuffata da neutra affettuosità, come se il suo rapporto con il loro divorzio fosse equilibrato e risolto. È quello che vuol far sembrare, e all'inizio pareva anche vero. Forse sperava realmente di rifarsi una vita, ma poi dei due a cambiare rotta è stato principalmente lui. A volte si ha la sensazione che non sia mai troppo tardi per ricominciare per un uomo, ma che lo stesso non valga per una donna. L'uomo può diventare padre ancora a sessant'anni, ha davanti a sé, ammesso che le desideri, una sconfinata quantità di nuove e imprevedibili giovinezze. La donna invece ne ha una sola, e breve per di più.

Il vetro dei calici tintinna, il clima è allegro e rilassato. Un vento leggerissimo ha sospinto petali di bougainvillea sulle piastrelle decorate di nero, giallo e blu. Nelle insenature delle mie ferite si fa strada un po' di vita, di colore, come se sentissi di poter abbassare la guardia. Seppure certe cose sono simili a quindici anni fa, stavolta l'epilogo sarà diverso. E questo mi conforta, almeno un po'.

«Freya mi ha ricordato che Lena non mangia pesce, perciò le ho preso dei gamberoni», sta dicendo Paolo a mia madre.

«In verità», mi intrometto, dato che ho sentito perfettamente, «essendo vegetariana non mangio neanche quelli.»

Mia madre è tra l'irritato e lo sconcertato. «Ma Dio del cielo, Lena, che livello di consapevolezza interiore vuoi che abbiano i gamberi?»

«Non lo si può dimostrare, pertanto, io potrei avere ragione tanto quanto te.»

Paolo sta affettando i limoni. Non si è scomposto. «Be', mi dispiace...»

«Non ti preoccupare, ho una scorta di verdure. Anzi, grazie per il pensiero.»

«Freya, ho fatto bene a portare lo zenzero da casa. Con il sauro è perfetto», dice lui, dopo avermi sorriso distrattamente.

«Freya, io ve l'ho detto. Paolo dovrebbe andare a Master-

Chef.» Paolo sorride lusingato, esibendo una fila di denti un po' ingialliti sotto i baffetti grigi che prima non portava. Si capisce che è qualcosa di molto importante per lui.

«Mi piace cucinare per le persone a cui voglio bene», risponde. Zia Freya si scioglie. Mia madre, che per soldi scrive dialoghi sdolcinati e nella realtà li detesta, si gratta il dorso della mano per il prurito.

«Quell'estate in cui ci siamo conosciuti è stata la più bella della mia vita», rincara la zia. Mia madre si è sempre chiesta cosa possa aver trovato la sorella nella fisicità anonima di Paolo, ma, passati quindici anni, lei è più infatuata che mai. «Questo posto, il mare, la compagnia, il cibo che tu preparavi, i discorsi che si facevano...» elenca, con gli occhi illuminati dalla felicità. «Ma, a proposito. Quegli amici, Enrico e Gabriella, li senti ancora?» chiede a mia madre. Sobbalzo al solo sentirli nominare. Lei si è messa a fare le parole crociate, la sua prevenzione contro l'Alzheimer insieme alle noci e alle mandorle. «Forse Ennio sì, dal momento che Enrico era un amico. Ma io non avevo tutta questa voglia di rimanere in contatto con Gabriella», conclude, con una smorfia di antipatia.

«Come no. Me la ricordo. Per questo te lo chiedevo. Mi incuriosiva molto, era una tipa strana.»

«Freya, dillo, non strana, bensì stronza.»

«Hai ragione.»

«Mentre sorrideva era capace di dire cose sconcertanti. Ti ricordi che trattava l'allievo di Ennio come l'amante di Lady Chatterley?»

«Che situazione!» conviene zia Freya. «Si mettevano in giardino, lì dove ora c'è l'amaca», dice la zia, puntando lo sguardo, come a rinforzo del racconto. «C'erano delle sedie a sdraio, mi pare.»

«Sì. Non so che fine abbiano fatto. Lena, le hai trovate?»

«No. Magari si sono rotte e papà le ha buttate. Era lui a venire qui da solo negli ultimi tempi prima di partire per l'America.»

«Già. È vero. Comunque so da Simona che si vedono ancora, qui a Levura. Ti ricordi di lei, Freya? Era la fidanzata di Fabrizio, poi si sono sposati anche loro. Lei ha una bellissima abitudine: invia dei biglietti di auguri di Natale scritti a mano. Quando poi la richiamo per ringraziare finisce sempre che parliamo di quest'isola.»

«Ma allora perché non le chiedi se sono qui? Sarebbe una bellissima rimpatriata.»

No, vi prego. *Una rimpatriata?* Vogliono restaurare l'inferno a mio uso e consumo? E poi, mia cara zia, ve lo state dimenticando tutti, ma questa è casa mia.

Cosa dico di tutto questo? Niente di niente. Mi limito a guardare il faro vuoto, in silenzio.

Mia madre ha un attacco di correttezza. «Tu cosa ne pensi, Lena?»

«Penso che anche se sembra luglio, in realtà è maggio. È improbabile che siano qui.»

«Vero», dice zia Freya, come se ci pensasse soltanto adesso. «Però, Lena, dato che passerai qui l'estate, sentirli potrebbe essere una buona idea», dice infine, senza rassegnarsi.

«Certo», ribatto, asciutta.

«Il pesce è pronto», ci notifica Paolo. «Avete apparecchiato?»

Il tavolo di pietra è ancora spoglio. Mamma mette via il cruciverba e gli occhialini zebrati, io vado a preparare l'insalata in cucina, andando a sbattere contro il marito di mia zia che sta uscendo da lì. Le mani gli puzzano d'aglio. Qualunque contatto non cercato e inaspettato con un uomo mi procura ancora tanta ansia. E poiché ne richiedo pochi volutamente, nella maggior parte dei casi non sono pronta alla sensazione di incendio che sento nel torace. Lui si scusa, sbadatamente.

Io rispondo che non fa niente.

Ma tremo.

11.

«E quindi, questo tuo paziente che ha fatto un tatuaggio in Thailandia?»

«Eh. Era convinto di aver fatto un Sak Yant, sai i tatuaggi sacri tipo quello che ha Angelina Jolie sulla spalla?»

Mia madre fa cenno con il capo di aver presente, ma secondo me bleffa. «Ecco, quello. Dovrebbe essere fatto da un monaco buddista con la canna di bambù. Invece questo fesso l'ha fatto da un tatuatore che, invece di benedizioni e protezioni contro la sfortuna, gli ha scritto "riso con pollo".»

Mia mamma scoppia a ridere. La zia è scioccata. «Metella! Non c'è niente da ridere.»

«E dai...»

«Lena, diglielo anche tu.»

«Ma sei riuscita a toglierlo con il laser?» La zia è dermatologa ma da sempre più tempo si dedica alla medicina estetica.

«Sì, ma dopo tre sedute il risultato non è neanche ottimale.»

«Ricevuto il messaggio, zia. Se mai andrò in Thailandia, non mi farò tatuare preghiere buddiste.»

«Buon per te», replica lei, delusa dal non aver suscitato l'indignazione che il suo aneddoto meritava.

Oziamo in terrazza, aspettando con le sedie rivolte a ovest che il sole si immerga nel mare e il cielo si colori del rosa del tramonto. Cassius si è coricato sul mio grembo, sento i suoi ossicini premere sulla vescica ma non mi viene voglia di alzarmi. La brezza fa suonare le canne di metallo di uno scacciaspiriti che mia madre ha riesumato dal baule della sua vecchia stanza e che abbiamo appeso a quello che un tempo era il suo posto, una delle travi di legno del pergolato.

«Che facciamo per cena?» chiede la zia a Paolo. Dev'essere una loro abitudine parlare sempre di cosa mangiare. «Facciamo un restatina party.» Il cosiddetto *restatina party* altro non è che la cena a base di riciclo degli avanzi degli ultimi giorni. È la grande passione di mia madre. Freya, che lo sa, capisce al volo ma non esulta.

Ceniamo in terrazza e mi ritrovo spesso a sbirciare il faro, rigorosamente al buio.

Dal giorno in cui è rimasto per pranzo, non ho più sentito Tommaso. Adesso anche lui ha il mio numero, nel caso in cui volesse farsi vivo. Mi piacerebbe moltissimo che lo facesse, nonostante non sappia nemmeno immaginare cosa potrebbe derivarne.

Farei di tutto per avere un coinvolgimento emotivo e sentirmi libera di vivere come gli altri, affinché uscire dal guscio non si accompagni più a sensazioni di terrore e di sporco. Gli uomini mi interessano e sono certa che non facciano tutti schifo. Ma ogni volta in cui vorrei fare un passo in più, mi si materializza d'emblée una staccionata che mi recinta.

Come tutte le ragazzine anche io avevo le mie prime cotte e le vivevo con naturalezza. Prima. Tutto quello che è venuto *dopo* non ha mai funzionato. Mi mettevo in ascolto del mio corpo, ma avevo paura di ciò che mi diceva ed è per questo che ho iniziato a dissociarlo dalla mia mente. Era la mia analista junghiana a dirmi di tornare in ascolto e di vivere la paura, per riuscire a superarla. Differentemente sarei rimasta per sempre ostaggio di quella staccionata. E, infatti, è ancora lì che mi trovo.

Quello che mi è successo mi ha rotta in tanti pezzi. Ho deciso di rimetterli a posto e di provare a vivere come chi non si è mai tagliato, come chi ha la superficie integra, anche se la mia è irregolare, la misera risultanza di un rattoppo.

Si chiacchiera fino a tardi e si torna a parlare tra l'altro di

Enrico, ma i loro ricordi, naturalmente, sono molto diversi dai miei. Sembrava così abile con le parole, ma con me ne usò di poche e di banali: «*Sta' buona*», solo perché provavo a divincolarmi. Mi sono chiesta tante volte se, dopo, abbia avuto il timore che io raccontassi quello che aveva fatto. Oppure, se fosse pienamente convinto che si trattava di un'attrazione consensuale. Non sembrava che gli importasse delle conseguenze. L'alcol probabilmente una mano l'ha data visto che puzzava di sangria, e quel suo sapore tannico mi si è impresso nelle narici e nella memoria.

Quella notte giù al paese facevano festa. Sparavano i fuochi d'artificio, una banda suonava e al panificio facevano i croissant caldi. Eravamo andati anche noi: gli intellettuali trovano il folclore molto suggestivo. I fuochi d'artificio si levavano sul mare, brillando nella notte, io avevo dei sandali bianchi che mia madre mi aveva comprato in via Settembrini. Quell'estate c'era un ragazzo francese che doveva avere la mia età o al massimo un anno più di me. Mi piaceva. Lo incontravo al bar, altre volte in giro per l'isola. Si chiamava Charles. Quella sera mi chiese di fare una passeggiata e io a mia volta chiesi il permesso a mamma, che disse sì. Non riteneva che sull'isola potesse succedere qualcosa di male e aveva ragione, perché il male non era sull'isola ma veniva da fuori, era transitato come un soffio di vento e nel suo passaggio, toccò me.

Parlavamo un po' in francese un po' in italiano, nessuno dei due conosceva bene l'inglese, ma ci capivamo ugualmente. Lui aveva una maglietta che gli andava larga ed era alto e secco come certi adolescenti, rosso in viso perché non usava la protezione e il sole del Mediterraneo non perdona. Dopo un po' mi disse che doveva rientrare, perché i suoi lo aspettavano. Ma prima volle riaccompagnarmi a casa, perché disse: «Così so dove stai e ti vengo a trovare». Ci salutammo con un casto bacino sulle labbra, io mi sentivo felice perché l'estate era bella, perché la vita era bella.

La casa sembrava vuota, erano tutti ancora in paese. Mandai un messaggio a mia madre, per avvisarla che ero già tornata e che stavo andando a dormire. Volevo sognare un po' da sola, per conto mio. Rispose: *D'accordo, ma chiudi bene il cancello.*

Nei giorni successivi il ragazzino francese era venuto a trovarmi. Mamma gli disse che non stavo bene e lui non tornò più.

Tante volte mi sono chiesta quanto diversa sarebbe stata la mia vita se Charles avesse avuto un viso meno grazioso o se non avessi accettato di fare una passeggiata con lui, o se non fosse mai venuto a Levura, o se avessi preferito rimanere con il gruppo a mangiare cornetti. Che conseguenze diverse avrebbe prodotto, un differente inanellamento di "se".

Come se si trattasse di una domanda senza importanza, avevo chiesto a mia madre se avesse notato l'assenza di qualcuno, quella notte. Se uno degli amici fosse andato via prima, oppure se fossero rientrati tutti insieme. Lei rispose di non averci badato, ma a ben pensarci, forse, Enrico era rientrato prima. Mi sembra di vederlo. Si è preso un bicchiere della sangria che era rimasta sul tavolo in terrazza, perché nessuno aveva sparecchiato prima di uscire, tutti desiderosi di vivere la notte molto più che di rassettare. Quando tornai a casa la caraffa mezza vuota la vidi lì. La degnai di uno sguardo molto superficiale e salii nella mia stanza. All'epoca, la risposta di mia madre fu la conferma. Avrei dovuto raccontare subito quello che era successo e affrontare la persona che mi aveva fatto tutto questo, ma avevo immaginato le domande che mi sarebbero state rivolte e avevo deciso che non me la sarei sentita di rispondere. Era come se si fosse creato un enorme buco nero. Non ho più voluto camminarci attorno per il timore di caderci dentro.

Anzi, avevo il terrore che qualcuno accanto a me se ne accorgesse, che facesse domande sul lenzuolo sporco di sangue l'indomani, sul muso lungo e il silenzio dei mesi successivi. Ma nessuno andò oltre quello che avevo detto. Nessuno si accorse di niente.

12.

È mattina. Dispongo sul tavolo in terrazza i miei pennarelli e i fogli da disegno.

Non smetto di sbirciare il faro, come Jay Gatsby guardava sempre la luce verde dove c'era la casa di Daisy. Tommaso sta chiudendo la porta, con la sua borsa di cuoio a tracolla, pronto per andare al lavoro, i capelli bagnati che si asciugheranno sotto il sole dell'ultimo giorno di maggio. Spero che si giri e mi veda, ma il suo sguardo è rivolto solo alla strada dinanzi a lui, mentre si lascia dietro i suoi passi.

«I tuoi disegni sono bellissimi.» È Paolo, apparso alle mie spalle e io non me n'ero neppure accorta. «Sarà perché io sono incapace, ma davvero, ammiro enormemente chi sa dipingere. Tua zia ne ha appesi molti nella nostra camera da letto. Mettono allegria.» Evito di precisare che dipingere e illustrare sono due cose piuttosto diverse, sia perché non voglio essere pedante, sia perché non ne ho voglia. «Ti disturbo? Posso mettermi a leggere il giornale qui?» chiede mostrando l'iPad.

«Non c'è problema. Io ho finito e adesso ho una cosa da fare di là», improvviso, iniziando a rimettere a posto i colori. È ovvio che non è vero, ma è irritante condividere gli spazi mentre sono immersa nel brodo primordiale della mia creatività. Già mi è difficile in presenza di mia madre, figurarsi con un estraneo.

Paolo mi guarda e credo si senta a disagio. Forse mi sono alzata in maniera troppo precipitosa, forse sono stata troppo chiara nel manifestargli che non avevo piacere di stare in sua compagnia. Di fatto è sbiancato – e già di suo è abbastanza pallido. «Dove vai?» mi chiede mia madre, che è appena arrivata tenendo tra le mani un vassoio con una brocca di limonata.

«L'ho disturbata», risponde al mio posto Paolo, mortificato. Mia madre si affretta a metterci una pezza. «Non è per te, Paolo. Lena è talmente riservata che quando guida non mette la freccia perché le sembra una violazione della sua privacy.» Roteo gli occhi mentre metto al loro posto le varie tonalità dei viola delle matite. «Vuoi una limonata molto zuccherata?» mi chiede, versandosene un bicchiere per sé. La accetto perché la limonata mi fa sempre pensare a papà, che a sua volta la prende perché gli ricorda un personaggio di un romanzo di Tabucchi. Mi manca, papà. È *politically uncorrect* dire che mi manca più di quanto in media mi manchi mia madre? Ma vaglielo a spiegare, mentre è lì a Brooklyn, preso dalla sua nuova vita con Joanna e Leone, che più che una casa, avrei preferito che mi avesse donato il suo tempo.

Manca il pane e zia Freya si lamenta che non vive senza. Mi offro di comprarlo io, a parte la gentilezza fare un giro e cambiare aria è sempre una buona idea.

La bottega del panettiere ha ancora la stessa tendina con i fili di plastica tipo fusilli di quindici anni fa, e mentre sto per entrare, Tommaso esce. Su un'isola, niente di così difficile, nessuna casualità orchestrata dalla sorte per farci incontrare. Ha comprato un sacchetto di cassatelle alla ricotta ancora calde e ne ha già addentata una.

«Ne vuoi?» mi chiede, pulendosi le labbra sporche di zucchero a velo.

«Sì. Che ne dici se ci sediamo?» rilancio, vincendo la timidezza mentre gli indico una panchina.

«Sto andando in ambulatorio per un'urgenza», replica lui, con una smorfia che vuol dire: "È un peccato che sia occupato".

«Capisco. Sarà per la prossima volta.» Quanto mi calzano male i panni della ragazza che flirta: proprio non conosco il codice di comportamento. Del resto il riassunto delle mie relazioni è molto breve: all'accademia di belle arti avevo una storia con un ragazzo della scuola di fotografia che mi lasciò perché diceva che sul piano fisico non c'era feeling. Che parola insulsa. Tuttavia mentirei se dicessi che la cosa non mi ferì. Seguirono altri tentativi di avere delle relazioni, ma tutti si conclusero facendomi giungere alla conferma definitiva che il fotografo aveva pienamente ragione, il piano fisico non era proprio il mio forte. Poi c'è stato Pierluigi. Non sembrò accorgersi dei miei limiti o forse non gli interessavano. E quanto al fatto di vivere una relazione clandestina, stare nell'ombra mi andava benissimo, del resto è la mia zona congeniale. Sono a disagio al sole, più che altro, dove gli aloni delle vecchie macchie sui vestiti puliti si notano molto di più.

«Be', ma prendine una comunque, se ti va», dice offrendo il sacchetto, riportandomi al presente.

«Okay.»

«Ci si vede», conclude, prendendo la strada verso l'ambulatorio ma continuando a guardarmi fino a che svolta l'angolo e, quando lui è di spalle, ricevo una telefonata. È il tipo di Levura Treasures.

«Sono riuscito nel miracolo. Abbiamo degli inquilini.»

Miracolo? Ci vuole coraggio a dirlo. Anche se con tutte le pecche immaginabili, onestamente la casa è un gioiello. Se per me non fosse un simulacro all'inverso non potrei che amarla.

«È una famiglia di inglesi, arriveranno il 15 giugno e staranno fino al 10 luglio. Ho chiuso per tremila euro, nostra percentuale esclusa. Sì, sono un grande, lo so.» Sento diffondersi nel mio corpo un'ondata di sollievo. Con il ricavo di un solo mese potrò far fronte alle spese di manutenzione e mi avanzerà qualcosa. Non lo davo per scontato. «Adesso mi sto lavorando dei tedeschi per la prima metà di agosto, le farò sapere.»

Per poco non mi metto a saltellare per la strada. E, subito dopo, il cellulare suona di nuovo per avvisare dell'arrivo di un messaggio di Tommaso.

Scusa se sono andato via di fretta. Come avrai capito, ho tempi tutti miei. Che dici se ci vediamo alle cinque?

Mi inchiodo al centro della strada, su di me inciampa un ragazzo e nemmeno mi scuso. Resto imbambolata con il telefono in mano, la testa vuota e una svaporataggine acuta.

Nel pomeriggio disegno un'altra tavola. Il mio obiettivo è riprendere i contatti con Cecilia Deletres e provare a riconquistarmi la sua stima. È un'idea in cui ripongo poche speranze, perché da lei mi aspetto le solite critiche spietate almeno quanto poco circostanziate, del genere "manca quel certo non so che...", tuttavia voglio tentare. Poi mi vesto, non prima di aver provato tutto quello che ho e averlo bocciato miseramente, scegliendo infine un vestito di cotone che mi è sembrato meno peggio degli altri.

Nel bar in cui ci siamo dati appuntamento mettono la solita musica scadente.

«Ma non vorremo veramente stare qui?» chiede lui. Ha gli occhiali da sole, una polo verde e la barba un po' più lunga.

«No?» ribatto, incerta.

«No», dice lui e s'incammina verso ovest.

«L'isola dovresti conoscerla meglio di me», mi dice, mentre i nostri passi affondano nella strada sabbiosa. «Qual è il posto più bello?»

Ci penso. «Punta Alba?»

«Sono d'accordo. In marcia», dice allegramente, schioccando le dita.

«Ma per arrivarci ci vuole più di un'ora.»

Lui si volta. Mi guarda in un modo che non ho mai sperimentato prima. «Hai da fare?»

Faccio cenno di no con il capo.

13.

Mi ricordavo male: in realtà è una passeggiata di poco più di mezz'ora. Levura ha una superficie di appena cinque chilometri quadrati e la giri tutta a piedi in un paio d'ore.

Durante il tragitto abbiamo parlato, più lui che io, della vita sull'isola e di Giovanna che fa i servizi anche a casa sua e di cui non potrebbe più fare a meno. È piuttosto loquace e ascoltarlo mi piace molto più che parlare di me, che tanto alla fin fine c'è poco da dire.

Arrivati a Punta Alba, estrae una bottiglietta d'acqua dalla borsa di cuoio e me la offre. Prende anche i dolcetti che si sono un po' schiacciati e per questo si scusa.

«Il gusto però non si è rovinato», gli rispondo, portandone uno alla bocca. Guardando le dita delle mie mani, lui dice: «Sono macchiate di colore come quelle dei bambini».

«In effetti anch'io impiego la maggior parte del mio tempo disegnando.» Del mio lavoro, o presunto tale, abbiamo parlato quando ha pranzato da me.

«Ti ho cercata su Instagram. Ero curioso», dice, continuando a guardare il mare. In verità il mio profilo è abbastanza spoglio. Raramente sono così soddisfatta dei miei disegni da pubblicarli e, anche se so che è un modo semplice di farsi conoscere, mi faccio vincere dai complessi e dalla timidezza. Finisco perlopiù con il guardare i profili degli altri, specie di chi è nell'agenzia di Cecilia. E poi ovviamente guardo le immagini di chi è più bravo e avanti di me, per migliorare il mio stile e sviluppare un senso critico (nel mio caso, ipercritico). Uno dei mantra di Cecilia era: «L'unico modo per stare a galla è confrontarsi con i migliori». So che è vero e che devo farlo per capire qual è il loro trucco, ma non nego che la cosa spesso mi deprima.

«Che gentile, grazie», gli rispondo, apprezzando sinceramente il suo gesto.

«Speravo che i tuoi disegni mi facessero capire qualcosa in più. Tu sei un tantino ermetica.»

Lo guardo dritto negli occhi. Vorrei essere tutt'altro che così, ma a dispetto di ciò, resto in silenzio. Allora lui insiste.

«Non ne pubblichi molti.»

«Sono molto severa con me stessa.»

«Quelli che ho visto sono belli. Anche se è banale da dire. A me sei sembrata brava.» Accetto i suoi complimenti. È vero, sono un po' banali, ma non posso negare che mi fanno piacere: si vede che sta facendo del suo meglio per essere gentile. Sorrido, ringrazio e dico compostamente che sono contenta che gli siano piaciuti. Siamo entrambi un po' ingessati, come due persone che vorrebbero rompere il ghiaccio parlando normalmente di sé, ma farlo è come muoversi lungo un percorso a ostacoli, con cose che si possono dire e altre che vanno assolutamente evitate, e con la grande difficoltà di non essere sicuri di sapere quali siano le une e le altre.

«Perché disegni?» mi chiede poi a bruciapelo. E io non so da dove cominciare. Potrei dirgli che disegnare mi rende felice, del resto, se siamo in tema di banalità... Ma, alla fine, tra tutte le ragioni, scelgo la principale.

«Per me disegnare è un modo diretto di esprimermi. Un disegno parla a chiunque voglia ascoltare.» Mentre io non ci riesco, concludo nei miei pensieri.

Lui mi guarda con attenzione, seduto sulla riva con le gambe incrociate. «Un'immagine a volte è più immediata delle parole.»

«Soprattutto di certe parole», mi trovo a dire e lui annuisce, mentre affonda la mano nei ciottoli e subito dopo mi chiede: «Hai notato che quando vivi per un lungo periodo su un'isola, così piccola per di più, sembra che il tempo abbia una durata differente? Tutto si protrae più a lungo».

Lo so bene. Ed è vero che vale per ogni cosa.

Ma il mio pensiero si traduce in una risposta poco interessante. La conversazione langue, ma lui non è a disagio, anzi, sembra rilassato. Su una barca a vela non tanto distante stanno ascoltando una playlist degli Hooverphonic che si inserisce molto bene nel nostro silenzio.

Comunque non sembra affatto che Tommaso abbia voglia di qualcosa di più del rumore del mare. Il telefono vibra nella sua tasca. Lui la palpa, come se non fosse sicuro che in effetti il telefono sia lì, e lo estrae tenendolo in mano qualche istante, indeciso sul da farsi. Lo schermo è attraversato da un'estesa ragnatela, retaggio di qualche brutta caduta, però si vede ancora bene il nome che appare: CHIARA, senza cognome o altro.

Non risponde e non dà spiegazioni. Figurarsi se io ne chiedo. D'altra parte nelle commedie romantiche poi tipicamente si scopre che in questi casi alla fine era la sorella o una collega già felicemente impegnata. Magari è così anche stavolta, anche se la mia vita è tutto fuorché una commedia romantica e peraltro dubito che a questo rovinoso appuntamento, in cui sembra che io abbia fatto voto di silenzio, ne seguiranno altri. In ogni caso quella chiamata non ha comportato alcun mutamento in lui o nella sua espressione.

Mi decido a spiccicare una parola, finalmente. «Hai detto che starai qui fino a novembre. Dopo?»

«Dopo... ancora non so. Potrei continuare a stare qui o magari andare in India a fare il medico in uno *slum* come Shantaram», ribatte, con un tono scherzoso che non mi fa capire se è una decisione estrema messa lì come battuta o come reale alternativa. «E tu? Quanto ti fermerai ancora?»

«Non ho programmi a breve, ma credo che me ne andrò dopo l'estate.»

«Dove andrai?»

«Non so. Mia madre vorrebbe che andassi a Parigi da lei e lo farei anche, se non fosse che ha il brutto vizio di farmi impazzire. Potenzialmente, potrei andare in qualunque posto desideri. D'altra parte io posso disegnare ovunque.»

«Anche qui», constata lui. «Sai far rimbalzare i sassi sull'acqua?» mi chiede a bruciapelo.

«Mai provato.»

Lui sceglie un paio di ciottoli piatti. Il primo lancio va maluccio, il secondo fa undici rimbalzi – li ha contati lui. Batto le mani, ammirata.

«Te la cavi bene per essere un ragazzo di città.»

«C'è il trucco: d'estate andavamo al mare in Liguria e ho fatto pratica.» Poi guarda l'ora. «Sarà meglio andare.» Mi porge la mano per alzarmi e nel farlo ci guardiamo per un po' più del necessario. Che poi, qual è il necessario?

Percorriamo la via del ritorno che essendo in discesa sembra più breve e attraversiamo il paese. Ha ancora tempo prima che inizi il suo turno. Lui propone di andare a guardare le barche a vela ormeggiate al porto e gli dico: «Perché no?». C'è una piccola fila di case di fronte alla darsena. Sono bianche, la bougainvillea rampicante sulle facciate, tutte già occupate dai villeggianti e illuminate all'interno.

Mentre Tommaso si attarda ad ammirare le imbarcazioni, io sono distratta da una voce che pronuncia il mio nome.

Mi volto e la voce viene da una finestra. Una donna è affacciata e mi sorride.

Annuisco e rimango immobile. «Sono Simona, ti ricordi di me?» Un uomo nel frattempo la affianca. È Fabrizio, l'allievo di mio padre; anche loro erano a casa nostra quell'estate. Sorride e le sue guance sembrano un po' più scavate. Ha un'ombra grigia sul viso, come una barba fatta la mattina ma già ricresciuta. I capelli sono castani, non si sono ingrigiti. È un bel cinquantenne, anno più, anno meno.

Simona ha l'aria di essere delusa dal mio scarso entusiasmo, cerca lo sguardo del marito e sembra chiedergli: "Non è strana?".

«Simona, Fabrizio. Certo», dico. Ed è già un passo avanti, anche se sembro un prete che pronuncia i nomi di due defunti al momento di spargere l'incenso, ma per Simona è sufficiente. Esce dalla piccola casa e mi viene incontro con un abbraccio.

«Quanto tempo!»

«Quindici anni», preciso.

«Ma non si vedono. Non sei cambiata molto.» Oh, sì che lo sono.

«Neanche voi.»

Porge la mano a Tommaso e lo stesso fa Fabrizio, che si è avvicinato a sua volta.

«Come stai, Lena», e sarebbe una domanda, ma omette l'inflessione interrogativa.

«Bene, grazie.»

«Stai sempre nella casa lassù? Io e Fabrizio qualche volta ci siamo passati ma la vedevamo sempre vuota.»

«Sì, era vuota in effetti.»

«Come sta Ennio? Ci siamo persi...» mormora Simona, dispiaciuta.

«È molto felice della sua nuova vita a New York.»

«Come non capirlo», chiosa Fabrizio.

«E tua madre? La sento solo per gli auguri alle feste ormai.»

«Sta bene, grazie.»

«Portale i miei saluti.»

«Non sarà difficile, è qui anche lei.»

«Ma perché parlare per strada? Vi va di entrare?» domanda Simona, indicando la casetta. «Lo sai che da quell'estate veniamo qui ogni anno? Ci siamo proprio innamorati dell'isola.»

Uso Tommaso come inconsapevole scusa. Gli indirizzo uno sguardo prima di rispondere: «Grazie, ma dobbiamo rientrare. Magari un'altra volta».

«Quando vuoi! Adesso sai dove stiamo. Anzi, perché non vieni domani con tua madre? Ne saremmo felici, sul serio.»

Fabrizio guarda sua moglie con disapprovazione. Ritengo sia dovuta al fatto che lo disturbi vederla così affettuosa e ospitale quando è evidente che io non sono altro che una stronza snob che sembra averli riconosciuti a stento. Ma non è un atteggiamento intenzionale, non vorrei essere sgarbata, nient'affatto, tanto più che lei è gentile proprio come la ricordavo, è solo che in così poco tempo si stanno assommando incontri e circostanze che mi riportano indietro nel tempo come se avessi preso una scala mobile verso il passato. Più cerco di risalire, più mi riporta giù.

Quell'estate Fabrizio e Simona se ne andarono il pomeriggio del 14 agosto in maniera abbastanza improvvisa. Me lo ricordo bene perché la cosa diede adito a molti pettegolezzi e speculazioni. Mamma e la zia dicevano che i fidanzatini avevano fatto una brutta litigata; quando interpellarono papà lui mostrò una certa indifferenza, non aggiunse niente e troncò le discussioni. Quindi, in definitiva, non li associo a quella notte, perché non c'erano, eppure non direi che fremo dalla voglia di rivederli.

«Okay, certo», rispondo. Manderò mia madre da sola, ho la soluzione già pronta.

«Evviva. Alle sei?» Annuisco, tanto non è un problema mio. «A domani allora.»

I due rientrano dentro casa e intanto Tommaso sembra aver capito che l'apparizione dei due vecchi amici di famiglia non mi ha fatto piacere.

«Stai bene?»

«Sì», rispondo seccamente.

«Dico sul serio, mi sembri un po' pallida.»

«Non ho bisogno di un medico, grazie», gli dico scortese. «Oddio. Scusa. Scusami, ti prego.»

Scuote il capo. «Non preoccuparti.» Mi sfiora una spalla ma mantiene la distanza di sicurezza. «Di un medico forse no. Ma di un amico magari sì?»

Durante l'ultimo pezzo di strada parlo come non ho fatto fino ad allora per lasciarmi indietro il modo in cui sono stata brusca. Gli chiedo quali siano i suoi film preferiti, non perché mi interessi particolarmente ma perché mi sembra un terreno sicuro.

Lui risponde *Indiana Jones e il tempio maledetto.* E anche *Frankenstein Junior.* Mi chiede qual è il mio, che è *Bringing up Baby*, ovvero *Susanna!*, che non conosce nessuno, e neanche lui infatti, ma non mi aspettavo il contrario.

«Grazie per la passeggiata, è stato bello», dico arrivati davanti casa, mentre apro il cancello. La villa è illuminata dalle candele alla citronella e rallegrata dalle risate di Paolo e zia Freya, sicuramente dopo una frase di spirito di mia madre. Perché non ho ereditato da lei il gene della battuta pronta?

«È vero, è stato bello. Stammi bene, Lena», risponde in maniera gentile, ma senza alcuna allusione a nuovi, futuri appuntamenti.

«Anche tu», rispondo, abbassando lo sguardo come se fosse attirato dalla forza di gravità. Cassius arriva zampettando, deve aver avvertito il mio ritorno. Lo prendo tra le braccia e lo accarezzo.

Ho molta difficoltà a dare un nome a quel che sento.

14.

«Oh guarda chi c'è», mi accoglie zia Freya, mentre serve l'insalata nei piatti.

«Non ti aspettavamo per cena», rincara mia madre.

«Avranno fatto un aperitivo», chiosa la zia, di spalle, mentre va a prendere un coperto per apparecchiare anche per me.

«Macché, Lena è contraria. Dice che hanno fatto uno studio in non so quanti bar e sulle patatine hanno trovato tracce inconfutabili di…»

«Lascia stare, Metella, il concetto è già chiaro», la interrompe la zia, dalla cucina.

«Cosa posso dire. Ci tengo all'igiene», mi schermisco.

Paolo inorridisce. «È passata la voglia anche a me.»

«Giù al porto ho incontrato Fabrizio e Simona», butto lì.

«Ma dai», dice mia madre, rimestando il vino nel suo calice.

«Lei ha insistito molto per invitarci, domani pomeriggio.»

«Mi fa piacere rivedere Simona», è la prevedibile risposta di mia madre. Ma non le dico che ci andrà da sola. Quello è l'asso che calerò cinque minuti prima di uscire di casa, con una scusa qualunque.

L'indomani, le persiane turchesi rimaste socchiuse lasciano filtrare l'aria frizzante del mattino. Mi alzo pervasa da un imprevisto buonumore. Il tavolo in terrazza è già pronto per la colazione, Paolo lo prepara tutte le sere, come la moka sul fornello. È un uomo con il gusto per i piccoli piaceri quotidiani. Mi preparo il caffè e mangio una brioche di quelle del bar che mia madre ha comprato appena arrivata e che ha surgelato per poter usare all'occorrenza e poi mi metto su internet per comprare un tavolino da mettere all'esterno della dépendance, in modo da poter mangiare e lavorare fuori come faccio adesso.

Tra poco dovrò lasciare la casa alla famiglia Wickham, di Cambridge. Quelli di Levura Treasures mi hanno già inviato i documenti per il contratto. Lui, James, è un architetto. Lei si chiama Rose ed è un'insegnante. Hanno una figlia di cinque anni di nome Poppy. Se proprio si deve consentire a qualcuno di toccare le proprie cose per denaro, almeno che siano persone carine, e loro lo sembrano, per quanto sia possibile capire da una rapida sbirciata all'account Instagram di Rose. Ma d'altra parte sui social siamo tutti più splendenti.

Ho appena scelto il tavolino più economico sul mercato e sto per alzarmi per andare a innaffiare le piante quando Paolo si manifesta con una T-shirt rosa salmone e il solito iPad per leggere il giornale. Se me ne vado anche questa volta, sarà eclatante che lo faccio di proposito, il che sarebbe spiacevole oltre che ingiusto.

«Buongiorno», dice, la voce ancora impastata. «Certo che le sorelle Santi sono due dormiglione», considera, versandosi il caffè nella tazza, anche se ormai si è un po' raffreddato. Lo allunga con il latte e lo mescola con una lentezza esasperante. Sul viso mi si forma un ghigno che dovrebbe essere un sorriso di assenso. Lui ci rinuncia, deve aver capito che parlarmi è pressoché inutile oltre che poco interessante. Per quanto mi riguarda non ho altro da fare se non contemplare il mare o mangiare un'altra brioche.

Paolo indirizza un'occhiata all'interno della casa che sembra ancora un tempio silenzioso, fino a quando le sorelle Santi non si alzeranno e faranno caciara.

«Lena, io...» e si interrompe.

«Sì?»

«Magari mi sbaglio ma... forse non ti faceva piacere davvero questa nostra visita?»

Il poveretto è quasi arrossito. Sono a disagio come raramente nella vita. Mi affretto a rassicurarlo. Anche se è vero, non è giusto che lo pensi. Tanto più che, ormai che sono qui, devo ammettere che non è spiacevole.

«Ma no, davvero...» gli dico.

«Ne sei proprio sicura?» insiste, con ritrosia appena accennata.

«Non vedo che altra ragione potrei avere...» rispondo, ma è come se il mio tono non fosse affatto convinto.

«No, certo», si affretta ad aggiungere lui, facendo spallucce. Sembra non trovare niente da dire e, soprattutto, parecchio pentito di essere entrato in argomento. Da parte mia sono molto dispiaciuta al pensiero di avergli trasmesso una sensazione di antipatia, di disagio. È una persona cordiale, che con me ha sempre avuto un atteggiamento gentile. Quell'estate preparammo insieme una cheesecake di cui mi insegnò la ricetta, che io non ho mai ripetuto. Tuttavia, per essere gentile glielo ricordo e gli dico: «Potremmo farla anche questa volta». Lui si illumina e risponde: «Certo, ottima idea». Ma poi scopriamo che manca il mascarpone e che la teglia è tutta arrugginita.

Ripartiranno domani mattina presto e non c'è tempo di provvedere a quel che serve.

«Che peccato. La prossima volta», dice. Se non altro si è convinto che non c'è alcuna ragione per cui io debba avercela con lui.

«Ma perché non vuoi venire?» ripete mia madre, fresca di doccia e odorosa di muschio bianco.

«Mi sento ispirata, preferisco rimanere in casa a disegnare.»

«Lena, non ci crede nessuno. Veramente vuoi farmi andare da sola?»

«Gli auguri di Natale scritti a mano, Simona li manda a te...»

«Ma che vuol dire!»

La tenacia di mia madre quando si prefigge un obiettivo

non teme la stanchezza: mi dà il tormento fino a che non raggiunge lo scopo e mi convince.

Mezz'ora dopo siamo entrambe nella casa da bohémien di Fabrizio e Simona, che nulla ha di ambientazione marinara bensì è carica di tappeti berberi, stampe in bianco e nero con le lettere dell'alfabeto da vecchia tipografia, candele ovunque e borse in iuta ai lati del divano piene di riviste tipo «L'Officiel».

«È il nostro rifugio», si schermisce Simona, arrossendo per i complimenti di mia madre, che poi chiede della figlia e lei risponde che la ragazzina per questo mese è rimasta in città con i nonni. «Noi invece veniamo ogniqualvolta sia possibile.»

Lo spazio esterno è un po' angusto, perché è una di quelle case che un tempo, prima dell'articolo del «New York Times», appartenevano ai pescatori e non era previsto che sarebbero diventate dimore per villeggianti. Però si percepisce che ne hanno fatto il loro piccolo tesoro.

La conversazione si incentra, con ordine, prima sul lavoro di Fabrizio e precisamente sul nuovo film che sta scrivendo, poi su quanto manchi nello scenario culturale italiano una personalità come quella di mio padre – al che mia madre annuisce comprensiva; sui gioielli disegnati da Simona, che lo fa di lavoro; poi non si sa come si arriva al tè kombucha, che sull'essere decisamente disgustoso mette tutti d'accordo tranne me, dato che non l'ho mai assaggiato; infine, ovviamente, di illustrazioni, argomento che suscita in Simona un quesito legittimo ancorché un po' indiscreto: «Com'è la vita di un illustratore?». Al che non mi resta che rispondere: «Difficile». Scende un momento di silenzio, allora mi affretto ad aggiungere: «Difficile, sì, ma anche piena di...» e non mi viene nessuna parola. Di cosa è piena? Al momento solo di dolori. Il silenzio si dilata. «Soddisfazioni?» suggerisce mia madre, pensando di aiutarmi. «Sì, soddisfazioni», confermo io, pensando amaramente che questo era vero, un tempo.

«Metella, tu fino a quando ti fermi?» chiede poi Simona, pensando saggiamente che sia una migliore interlocutrice.

«Ripartirò il dodici», replica mia madre, che ha dovuto accettare suo malgrado di sloggiare per lasciar posto agli inglesi.

«In questi giorni ci sono anche Gabriella ed Enrico. Approfittano della festa della Repubblica per ricavarsi qualche giorno di vacanza e festeggiare il compleanno di lui. Anzi, sapendo che ci siete anche voi vorrà sicuramente invitarvi alla festa.»

Sentirlo nominare mi smuove dentro il solito maremoto. È sempre così, nasce in me un'istintiva reazione di atterrimento come se fossi di fronte a un pericolo imminente. Quanto all'idea di rincontrarlo, è da quando sono arrivata che mi dico di essere pronta, di essere salda, perché potrebbe succedere da un momento all'altro, visto che lui malauguratamente è qui, che altrettanto malauguratamente sono qui anche io e che l'isola è troppo piccola per schivare del tutto il rischio di incrociarsi per caso. La soluzione potrebbe essere solo chiudermi in casa come fosse una prigione finché non apprenda dal profilo Facebook della libreria Chatwin che sono rientrati a Roma.

«Anzi, glielo dico io che ci siete, sarà felice di rivedervi», continua a blaterare Simona.

«Sì, certo, anche noi saremmo felici! Vero, Lena? Ti ricordi di Enrico?»

Tre paia di occhi puntati su di me si aspettano una risposta.

«Come dimenticarlo», dico infine, accompagnando le parole con un sorriso.

«Sempre incantevole Simona.» Mamma apre le danze sui commenti del dopo incontro mentre siamo sulla strada verso casa. «Davvero non mi capacito di come Fabrizio potesse essersi preso una sbandata per Gabriella.»

Abbronzata, occhi scuri come la torba, una montagna di ricci ben modellati, un fantastico gusto nel vestire, questo è il ricordo che ho di lei, ma il suo sguardo mandava saette, e questo non mi piaceva. «Mamma… tu pensi che Simona se ne sia accorta?»

«Non credo proprio. E secondo me nemmeno Enrico lo ha mai capito. Infatti continuano a frequentarsi e sono contenti così.»

«Comunque, se davvero ci inviteranno al compleanno di Enrico, io vorrei risparmiarmelo», affermo, scrollando il piede perché un sassolino si è infilato sotto la pianta.

«Stiamo a vedere se si faranno vivi.» Poi ci pensa un po', prima di chiedermi: «Tu lo sapevi che l'ultimo film di Fabrizio aveva avuto tanto successo? Io l'ho visto ma non mi ha colpita. A tuo padre non sarà piaciuto per niente, sempre se lì dov'è si è preso la briga di guardarlo.»

«No, mamma. Ma non faccio testo, io vivo fuori dal mondo.»

«Non dirlo a me. Io non ho ancora capito chi siano i Kardashian.»

«A proposito di papà… ti sei mai pentita di com'è finita con lui?»

«Mia libellula, è una domanda troppo ardita per le sette del pomeriggio.»

«Be', allora dimmi tu a che ora posso chiedertelo.»

Mia madre ci pensa su. Continuiamo a camminare ma è solo quando arriviamo al cancello, mentre zia Freya e Paolo stanno ballando uno sciropposo lento in terrazza, che mi risponde.

«Non esiste un'ora buona. Meglio non chiedermelo affatto.»

L'indomani, dopo saluti carichi di commozione e promesse di rivedersi presto, la zia e Paolo sono ripartiti e io e mamma ci siamo godute la solitudine e il mare. Sono stata sul chi vive, timorosa che dall'Ade in cui l'ho relegato Enrico facesse ritorno, ma tutto ancora tace.

I giorni successivi Peppino ricomincia i lavori con rinnovato vigore, perché a questo punto è indispensabile che sia tutto pronto prima del 15 giugno.

Per il ponte della festa della Repubblica Levura si è riempita di gente.

Tommaso ha avuto molto lavoro, lo deduco dal fatto che le luci del faro sono rimaste quasi sempre spente.

15.

In maniera improvvisa come ogni terribile tempesta, mentre mi occupavo del giardino strappando le erbacce e annaffiando i fiori, una visione mi ha paralizzata.

Tuttavia è come se una parte di me l'avesse sempre saputo e in parte, più o meno consapevolmente, l'avesse anche aspettato, il momento in cui sono costretta a confrontarmi con i miei demoni.

Oltre il cancello, a qualche metro da me, a quindici anni di distanza, un tempo che tuttavia non mi ha impedito di pensarci, orribilmente, quasi ogni giorno, c'è Enrico.

È con Gabriella. Pur con gli anni in più sono perfettamente riconoscibili. Mia madre va loro incontro come accesa da un motore, io abbandono la pompa per l'irrigazione per dileguarmi nel più nascosto anfratto della casa, animata dal primordiale istinto della fuga, ma mi è impossibile raggiungere l'obiettivo perché Gabriella mi ha già intercettata.

«Ma non mi dire che lei è Lena!» esclama, con falso stupore. È ovvio che sia io, peraltro immagino lo abbia già saputo da Fabrizio e Simona e, come se non bastasse, sono rimasta molto simile a com'ero, il che ritengo debba essere considerata una qualità. Lo stesso non può dirsi di lei, che invece mostra sulla pelle ciascun anno trascorso dall'ultima volta in cui l'ho vista. Enrico non dice nulla, ma mi assale ugualmente una massacrante agitazione. Sento i suoi occhi addosso, curiosi e forse nient'altro che questo, ma intanto ogni parte di me si trasferisce nel buio di quindici anni fa. Cosa ricorda? Cosa sente? Rimorso, almeno un po'? Quale sensazione di legittimità attraversa la mente di un uomo che cede all'impulso di molestare una ragazzina? Oppure, è proprio il superare il limite, la consapevolezza del proibito, la chiave dell'eccitazione?

«Entrate, dai», dice mia madre, che non sembra affatto terrorizzata come me dal fantasma delle estati passate. Tra l'altro noto che, malgrado abbia sempre professato grande antipatia verso Gabriella, è dotata di un buon coefficiente di ipocrisia e adesso la accoglie come se in tutti questi anni ne avesse quasi sentito la mancanza. Mi rifugio in cucina con la scusa di preparare il caffè e nel frattempo sento le chiacchiere di Gabriella, che mi sembrano vistosamente prive di tatto.

«Che bei tempi in questa casa, Metella! Non ha perso la tua impronta, nonostante gli anni.»

«Sono stati anni felici, è vero», chiosa mia madre, accarezzando la superficie del tavolo che lei stessa aveva scelto, un quarto di secolo fa.

«Del resto non ha mai cambiato padrona di casa, giusto?» insiste Gabriella, che vuole arrivare evidentemente alla questione Joanna, obiettivo della sua ingorda curiosità.

«No. Ennio ha regalato la villa a Lena prima di sposarsi.»

«Che gesto pieno di buon senso», è il suo commento, mentre Enrico cammina dando loro le spalle guardando il mare con le mani nelle tasche. Poi si volta, proprio quando varco la soglia della terrazza reggendo il vassoio tra le mani.

«Abbiamo visto Ennio a New York, lo scorso anno», butta lì, con noncuranza, avvicinandosi per versare in una tazzina sbeccata il caffè, che mi è venuto un po' annacquato. Inizio a tremare, pensando che non posso farcela, che mi tradirò, che perderò i sensi qui e ora, incalzata da ricordi che non sembrano neanche tali. Adesso che è qui di fronte a me siamo di nuovo io e lui da soli, in quella stanza, nel mio letto. Ma in ogni caso, quale che sia la natura dei suoi pensieri e dei suoi ricordi, Enrico resta imperturbabile in maniera esemplare.

«Mi fa piacere», replica intanto mia madre, con il solito tono incolore che adotta quando qualcuno nomina mio padre.

«Senti, Metella, domani daremo una festa per il compleanno di Enrico. «Mi dispiace lo scarso preavviso, ma non sapevamo foste qui. Negli anni la casa era sempre chiusa, ci siamo persi, mi dispiace. Però vogliamo rimediare!» conclude Gabriella tutta frizzante.

«Con piacere, grazie», risponde mia madre come se non aspettasse altro. La fulmino con lo sguardo, ma lei nemmeno se ne accorge. «Enrico, non aspettarti un regalo particolarmente ricercato, dovrai accontentarti di quello che offre l'isola.»

«Per dirla tutta, siete esentate dai regali in senso classico. Se vi fa piacere, abbiamo aperto una raccolta fondi per una Onlus che si occupa di migranti. Sai, Enrico di recente ha girato un docu-film sull'argomento e non riesce a smettere di pensare al problema.»

A mia madre casca la mandibola. «Che bellissima idea!» esclama sinceramente quando si riprende e secondo me progetta già di riciclarla per il suo prossimo compleanno. Tanto si lamenta sempre che nessuno le regala quello che davvero le piace.

Per il resto del tempo chiacchierano di attualità e sembra che non siano passate quindici estati dall'ultima trascorsa insieme. Sembra una di quelle sere in cui si mettevano tutti qui in terrazza a bere passito, mangiando biscottini secchi alla mandorla, parlando di quel tale autore che non fa che ripetersi nella sua mediocrità, o di quell'esposizione d'arte moderna che li ha tremendamente delusi.

Come già ieri, scelgo la strada dell'invisibilità, anche perché sono troppo scossa per poter partecipare alla conversazione. Stavolta ho la scusa di potermi assentare, sono a casa mia, è plausibile che io abbia qualcosa da fare. Mi invento una telefonata per assentarmi più di un quarto d'ora. E sarei rimasta anche più a lungo se non fossi stata richiamata da mia madre, con la scusa che Enrico e Gabriella dovevano andare via.

Gabriella mi prende le mani tra le sue e dice con pathos del tutto fasullo: «A domani, Lena cara!». Lui si accomiata con più sobrietà. O magari è vergogna, chi può dirlo.

«Io passo. Non vengo nemmeno se mi preghi», dico a mia madre, quando rimaniamo da sole, mentre prepara un'omelette perché nel frattempo si è fatta ora di cena.

«Che pesantezza.»

«Io o loro?»

«Tu, ovviamente. Loro sono spumeggianti come sempre, anche se devo dire che Gabriella ha perso un po' di friccicore con la menopausa.»

«Non mi va di andare a nessuna festa. Così come ieri non avevo nessuna voglia di andare da Fabrizio e Simona.»

Mia madre solleva lo sguardo dai tuorli che sta sbattendo energicamente. «Ma perché?»

«Non ho voglia di stare con persone con cui non ho niente in comune. Aveva senso per voi, quando eravate una coppia di intellettuali alla moda, ma non per me oggi. Ecco tutto.»

«Ma domani sarà una cosa del tutto diversa. Non saremo soltanto noi, sarà un party pieno di gente, magari puoi fare qualche nuova amicizia, visto che con il dottore lì di fronte non si batte chiodo.»

«Grazie per avermelo fatto notare», esclamo pronta a piantarla in asso in cucina e digiunare, piuttosto.

Mia madre si addolcisce. «Su, Lena, non essere permalosa. Parlo solo perché penso che tu non stia bene con te stessa. Forse ti senti sola. Credimi, ti capisco. Magari potresti provare a uscire dal tuo guscio e sforzarti di essere un po' più socievole...»

«Mamma. Mi rifiuto di ricevere consigli sulla mia vita privata da una che scrive romanzi in cui, cito testualmente, il marchese ha un archibugio al posto del...»

«Lena», mi interrompe con fermezza, con lo stesso tono che usava quando da piccola facevo qualcosa di sbagliato. «Tu pensi che la roba che scrivo mi definisca? Pensi che io sia una persona leggera solo perché so fare buone battute di spirito? Io vorrei solo riuscire a capirti. Da bambina eri un raggio di sole. Con l'adolescenza sei entrata nel tuo mondo e da lì non sei più uscita. Vorrei solo aiutarti. E capire se è colpa mia, anche solo in parte.»

Ha parlato d'un fiato tanto che adesso sembra aver perso le forze e poggia stancamente sul tavolo la ciotola con le uova sbattute.

Quale, se non questo, sarebbe il momento migliore per raccontarle di quella cimice carnivora che alloggia in un atrio del mio cuore, e lo divora dall'interno, incessantemente? Ma il solo pensiero di liberarla mi sigilla la bocca.

Riesco solo a dirle: «Non è colpa tua. E comunque io sto bene. Sono solo un po' solitaria. Ho il diritto di esserlo... ho diritto di essere qualsiasi cosa io realmente sia... senza essere giudicata».

Lei sembra pronta a ribattere, farfuglia qualcosa di incomprensibile, poi alla fine rinuncia e annuisce, piena di commozione, e mi abbraccia. Per quanto la cosa mi sorprenda mi sento riscaldata dal suo affetto, e mio malgrado, come non accadeva dall'infanzia, mi accoccolo tra le sue braccia.

16.

È una calda e luminosa mattina di giugno, la giornata ideale per mettere in circolo energie e buona volontà. È tempo, in altri termini, di riassemblare il mio portfolio. In quello che ho fatto girare negli ultimi tempi, ci sono illustrazioni realizzate con tecniche che non uso nemmeno più. E che, per dirla tutta, non mi hanno portato nessun lavoro, nessuna commissione. Quindi è evidente che devo rinnovarmi.

Secondo Cecilia, il modo migliore per creare un portfolio è mettere insieme al massimo una ventina di immagini e puntare più sulle idee che sullo stile che, in ogni caso, sempre a suo parere, deve essere comunque ben riconoscibile. Faccio miei i consigli che rilasciava quando la intervistavano: «Prendete un articolo di giornale e realizzate un'immagine che rappresenti il significato dell'articolo. Esercitatevi così». Certo, all'epoca, quando lei mi aveva preso a scatola chiusa dopo aver visto qualche mio lavoro, non avrei mai pensato che quei consigli, il suo ABC, mi sarebbero serviti per ripartire da capo. Per conquistarla di nuovo, catturare la sua attenzione dimostrandole che ha sbagliato giudizio su di me. Altro consiglio di Cecilia: «Non copiare *mai*!», anche se è molto difficile stabilire il confine tra essere influenzati e copiare volutamente. Al che lei diceva: «Giusto. Allora guarda e studia talmente tanta roba che alla fine nel tuo cervello si creerà un mix di input così composito che aprirà la strada a uno stile unico».

Altra cosa che so di dover fare: lavorare sui miei profili social. Ho letto che la gran parte delle commissioni agli illustratori arriva proprio da lì. È un mestiere che ha bisogno di colori e temperini, sì, ma anche di promozione, di pubbliche relazioni e di capacità di cogliere le occasioni. Prima per me ci pensava Cecilia. Erano tutte cose che davo per scontate e che non posso più ignorare.

Se non altro, dalla mia c'è che in questo periodo disegnare mi rende un po' più felice, mentre fino all'ultimo giorno a Roma avevo come una paralisi alla mano; non era un problema muscolare, piuttosto un blocco che riguardava la mia immaginazione. Ha ragione papà quando dice ai suoi studenti che mettere in circolo l'emozione è l'unico modo per dar vita a un oggetto artistico, qualunque sia la sua natura o la sua finalità, e da quando sono qui ho raccolto un discreto campionario di emozioni. Forse anche quelle negative sono preferibili alla completa assenza di comunicazione con noi stessi. Perché secondo me – anche se l'analista junghiana non era tanto d'accordo – l'emozione è anche uno strumento di conoscenza. «Non è del tutto esatto, Lena», diceva, «le emozioni sono uno stato mentale che nasce in risposta alle modificazioni indotte da stimoli psichici o fisici. Lei forse confonde le emozioni con i sentimenti.» Quante sottigliezze. Per me il sentire e il vibrare d'emozione sono un tutt'uno.

Sento da lontano Peppino che sta intonacando la dépendance canticchiando con un discreto timbro baritonale: «*Figaro qua, Figaro là... uno alla volta per carità...*».

Disegno per tutto il giorno, fermandomi solo per un pranzo rapido e per un breve sonnellino interrotto da un sussulto, come quelli che si fanno quando si transita dalla veglia al sonno, ma così forte da svegliarmi definitivamente. Metto sul fuoco la moka rossa, mi serve un caffè molto amaro e molto scuro.

Nel pomeriggio mia madre riprende le grandi manovre per convincermi ad andare con lei alla festa di Enrico.

Alla fine decido di darle retta. E non soltanto per la sua capacità di persuasione, ma perché mi dico che quella cosa è accaduta, non posso cancellarla con una delle mie gomme, niente da fare, purtroppo. Ci ho provato ma non ci sono riuscita continuando a nascondermi, quindi forse potrei cambiare tattica e trovare il coraggio di dirgli qualcosa che lo mortifichi, qualcosa che gli rovini non soltanto il compleanno, ma il resto della vita. Averlo rivisto, così intoccabile nella sua indifferenza, mi ha animata di una specie di coraggio guerriero. Ho pagato un prezzo altissimo per un sorriso, o forse uno sguardo di troppo. Lui era l'adulto. Chissà se sarei davvero capace di dirgli: «Io mi ricordo, io so cosa hai fatto, so che sei una persona orrenda, fai tanto l'intellettuale superiore, ma sei un maiale e niente di più». Sarebbe una liberazione, come concedere a me stessa un "sono più forte io, adesso".

Quella sensazione di terrore che mi prese al risveglio quando mi accorsi di essere bloccata da qualcuno molto più forte di me non può essere sminuita. Non può, certo. Quella stretta che ha immobilizzato i miei polsi la porterò sempre dentro come una stretta al petto che non mi fa respirare.

Forse è ora di farglielo capire.

«Posso prestartelo io, un vestito?» chiede mia madre, squadrandomi.

«Va bene questo», dico, abbassando lo sguardo sulla gonna. È uno chemisier bluette stampato a fiori e legato in vita.

«Ma sembra di poliestere.»

«E probabilmente lo è. Mi dispiace, ma di questi tempi non posso permettermi la seta. Se non ti sembra all'altezza posso sempre rimanere a casa...»

Sospira. «Lena, Lena.»

Afferra dalla poltrona di vimini una variopinta pochette decorata con perline e paillette, si mette dei sandali dorati, inonda le mie narici con zaffate pestilenziali di profumo e prendendomi sotto braccio s'incammina verso il cancello di casa.

Enrico e Gabriella hanno preso una villa attorniata da pini d'Aleppo, sul crinale della zona a nord dell'isola. La casa è molto, molto simile alla nostra. Verrebbe da pensare che lo abbiano fatto intenzionalmente. Le piastrelle della cucina sono dello stesso colore e nella credenza anche i bicchieri sono simili.

«Che dirti. Le piaceva casa nostra.»

«Mamma, ne ha rubato l'essenza, è insano.»

«Che esagerazione, Lena. Io al contrario lo trovo molto lusinghiero, non sapevo di avere tanto buon gusto in fatto di arredamento d'interni.»

Dal canto suo Gabriella non appare in imbarazzo. Si muove con lo charme della padrona di casa frizzante e munifica, una vistosa collana di corallo spicca sul petto abbondante e un po' rugoso, i voluminosi ricci scuri le incorniciano il viso. È più giovane del marito, ma adesso la differenza d'età tra loro non si nota più. Mia madre ha già fatto gli auguri al festeggiato e quando ho capito che era la sua intenzione io mi sono nascosta in bagno con la scusa di una pipì incontenibile. Finché posso, eludo Enrico, in barba ai miei propositi di giustiziera e passare per cafona è l'ultimo dei miei problemi.

Il tavolo, pieno di vassoi di roba dolce e salata, è apparecchiato in terrazza, dove spiccano giare bianche di stephanotis fioriti. Sapientemente nascosti, un paio di amplificatori diffondono musica d'atmosfera.

Fabrizio e Simona si avvicinano per salutare e per un momento davvero sembra che tutto questo tempo che in effetti è passato, non sia esistito, ma che si sia magicamente fermato. Lo stesso concetto lo esprime Gabriella, che si intrufola nel gruppetto nient'affatto stranita dai quindici anni trascorsi lasciando che ci ignorassimo.

«Complimenti per il buffet», le dice mia madre.

«Ha fatto tutto la vostra Giovanna!» risponde lei, prima di lasciarsi distrarre da uno degli invitati.

«Pure la cameriera ci ha rubato», borbotta mia madre.

«Ma come, non era lusinghiero?» la stuzzico.

«Taci.»

«Comunque la crostata di fichi è una cosa che leva il respiro», dico leccandomi le dita rimaste appiccicose. E sul più bello mi sento salutare con un profondo: «Buonasera».

Tommaso?

«Ehm. Ciao.»

«Ci incontriamo sempre quando ci sono dolci di mezzo», commenta lui con un pezzo di crostata tra le mani. «Buonasera anche a lei, Metella.»

«Il lei, Tommaso… Che brutto colpo per la mia autostima.» Lui ride, ma sembra farlo per circostanza. In effetti mia madre non ha ben chiaro il limite tra una battuta di spirito e una battuta da disperata, quindi il più delle volte sembra sopra le righe. «Scusatemi, vado a prendere altro vino», aggiunge, con il chiaro intento di lasciarci da soli.

Lui sorride in quel suo solito modo, con gli angoli degli occhi e delle labbra che vanno all'ingiù. Io evito di farlo perché sono sicura di avere i semini dei fichi incastrati tra i denti.

«Non sei al lavoro?» gli chiedo. Non che mi dispiaccia che non sia impegnato, ma vederlo è una sorpresa. Una bella sorpresa. Ha qualcosa che mi affascina profondamente e dati i miei limiti non può essere qualcosa legato solo all'aspetto fisico, quindi oso pensare che mi colpisca su un piano diverso. Forse ci sono: mi fa sentire normale, mi fa sentire come le altre ragazze, che si infatuano e desiderano trovare la persona giusta. Con lui, mi sembra di poter cambiare le cose. Prima che lui mi risponda, Enrico si mette in mezzo. Non posso sfuggire al festeggiato. «Ciao Lena. Vedo che conosci già Tommaso.»

«Ehm, sì», rispondo, guardinga.

Enrico poggia la mano sulla sua spalla in modo affettuoso. Inizio a sentirmi confusa.

«Il nostro nuovo medico… il migliore che poteva capitare…» prosegue Enrico stucchevole.

«Dai, zio…» mormora Tommaso, in imbarazzo, mentre io sgrano gli occhi. Zio?!

Un mattone volante in faccia mi avrebbe fatto meno male. È vero che in un concentrato di umanità così ristretto certe coincidenze sono plausibili, ma mi sento così scossa che vorrei andarmene seduta stante, senza curarmi del fatto che Tommaso non ha colpa di brutte parentele.

«Sai, Tommaso, conosco Lena da quando era piccola. È

stato suo padre a farci innamorare di Levura, è stato lui il primo a scoprirla.»

«Prima del "New York Times"», chiosa Tommaso, lanciandomi uno sguardo d'intesa, perché io stessa gli avevo raccontato di come quell'articolo avesse cambiato il destino di Levura.

«Prima del "New York Times"», ripete Enrico, con la sua voce dal timbro basso, dalla grana roca e irregolare. Quella notte aveva una intonazione diversa da quella che usava quando parlava di Nietzsche, quella volta la sua voce era poco più che un grugnito. Come potevo distinguerla? Chiamandolo per salutare un nuovo arrivato, Gabriella ci libera da lui. «Be', ragazzi. Divertitevi», dice infine Enrico, mettendo una mano anche sulla mia spalla.

Avvampo di disprezzo, così tanto che vorrei reagire con una spinta per allontanarlo, ma con la stessa forza di quando avrei voluto farlo quindici anni fa. Lo fisso negli occhi con cattiveria e lui impallidisce esterrefatto. L'unica cosa buona di tutta la faccenda è che Tommaso sembra non accorgersi di nulla.

Rimasti soli, ci ricaviamo uno spazio su uno dei bisoli. Lui guarda oltre la terrazza, ma ci rinuncia presto perché ormai è buio e il mare e la notte sono in stretta continuità. La costa della Sicilia dà segno di sé solo con un'esile linea orizzontale di luci lontane. «Ti dispiace se fumo?» chiede, e solo dopo un mio cenno di assenso tira fuori dalla tasca un pacchetto di sigarette tutto ammaccato. Io sono di malumore, arrabbiata con Enrico, con la vita e con il sangue che hanno in comune e se in genere la mia conversazione non è brillante, adesso lo è meno che mai.

«Quindi è una casualità che non ci siamo mai incontrati prima», dice, guardandomi con la coda dell'occhio.

«In realtà non vedevo i tuoi zii da quindici anni.»

«Ah be' quand'è così. Io qui sono venuto spesso, ma se tu non c'eri…»

«Com'è che non vivi a casa loro?» gli chiedo, ma il mio tono è spento.

«Sì, forse sarebbe stata la cosa più logica da fare. Ma io e la logica non andiamo d'accordo.» Non aggiunge altro. Restiamo in silenzio per un po', seduti scompostamente, ognuno preso dai propri pensieri. Poi lui si alza e si allaccia una Converse che si è slacciata.

«Vai via?» gli chiedo.

Lui annuisce. «Ho approfittato già abbastanza del collega che mi sta coprendo in ambulatorio, ma lo zio ci teneva, quindi...»

«Certo, capisco.»

«Ci rivediamo, Lena?» chiede.

Io faccio cenno di sì, anche se non so proprio se sia la cosa giusta. Lui mi scosta un ciuffo di capelli dal viso, un gesto piuttosto intimo che scaccia i nuvoloni, e solo per un momento i miei piccoli sogni si riaffacciano nella mia mente prima che io stessa li rimpacchetti e li metta via, nello stipetto segreto del mio cuore, insieme a tanti altri.

Dopo che Tommaso va via mi sento come se rimanere alla festa non avesse più alcun senso. Ho evitato accuratamente ogni contatto con Enrico e lui ha fatto lo stesso. Non so se l'averlo guardato con tutto l'odio che provo abbia generato in lui una qualunque riflessione. Posso dire che da parte mia, io mi sento prosciugata.

«Mamma, io rientrerei.»

Se ha da ridire sono pronta a dare battaglia. Lei mi sfiora una guancia con la punta delle dita, in silenzio.

«Vengo con te», dice infine, cingendomi la vita.

Questa tremenda serata è finita. L'averla superata non mi dà nessuna sensazione di pace o di forza.

Ho solo aspettato che finisse, proprio come quindici anni fa.

17.

I giorni sono passati.

Tommaso si è manifestato con qualche messaggio privo di sottotesti e, una volta, con un vassoio di dolci che gli è stato regalato da un paziente e che per quanto goloso non sarebbe riuscito a mangiare tutto da solo. La nostra conoscenza si mantiene cauta, superficiale, non sbircia gli strati più profondi.

Per fortuna non ho più rivisto i vecchi amici dei miei a dispetto delle piccole dimensioni dell'isola. Non è più capitato di incontrare Enrico. Ma del resto, i miei proponimenti di palesare la verità in una maniera che fosse più articolata di un'occhiataccia nata peraltro d'impulso non erano credibili. Non sono tipo da trasformarmi in una vendicatrice solitaria. No, non è questa la mia storia. Io vorrei soltanto dimenticare, quella sarebbe la mia vera vittoria. L'analista junghiana mi diceva che invece il punto non è rimuovere, bensì trasformare. E poi mi rifilava quella terribile parola, resilienza, al che io mi estraniavo.

Nel frattempo, in casa, Peppino ha finito i lavori nonostante mia madre dicesse la sua su tutto, posseduta dal sacro fuoco dell'architetto mancato.

Cassius si è azzuffato con il solito gatto nero attaccabrighe che bazzica i dintorni. Il suo scopo era fargli capire che uno e uno soltanto può essere il dominatore del vicinato. La stessa sera il felino si produceva in un serrato corteggiamento a qualche gatta in calore e Cassius era il ritratto dell'umiliazione.

Quanto a me, sentendo di non aver nulla da perdere ho

inviato alcune illustrazioni del nuovo portfolio a Cecilia Deletres, senza aver ricevuto, a oggi, alcuna risposta.

Siccome quando si tratta di sentimenti sono prigioniera di un blocco di catene, la sera prima della partenza di mia madre sono incapace di dirle che, per quanto non l'avrei creduto possibile, è stato bello passare del tempo insieme e che in fondo se le cose si mettono male potrei davvero raggiungerla a Parigi – per un po' di tempo, s'intende, niente di definitivo. È molto confortante pensare che i miei genitori si trovino nelle due città più affascinanti al mondo e che in qualunque momento, se dovessi sentirmi su un binario morto o se dovessi avvertire il richiamo del sangue, ho la possibilità di andare da loro senza il timore di essere di troppo. In fin dei conti sono una privilegiata, la vita con me non è stata più severa di quanto non lo sia stata con tante altre ragazze. Da questi privilegi, però, non ho tratto reali vantaggi. Galleggio nella vita come le estremità di certe alghe che solo all'apparenza affiorano in superficie, ma in realtà sono radicate nell'oscuro fondale del mare, e quello che sembra movimento, non è che inerzia. La mia stessa esistenza potrebbe dirsi molto fortunata, al di là del fatto che non ho soldi né un compagno. Questo tipo di assenze, tuttavia, possono sempre mutare ed essere colmate, in quello che mia madre chiama il *tourbillon de la vie.*

Alle sette di sera, mamma siede in terrazza con i suoi soliti occhiali zebrati, alle prese con un cruciverba crittografato. Non ceniamo prima delle nove, in pieno clima vacanziero, e pensiamo a cosa mangiare solo all'ultimo momento, perché per entrambe non è una questione fondamentale. Io ho appena finito di montare il tavolino che ho comprato da collocare nel giardino di limoni accanto alla dépendance e controllo l'e-mail di continuo, aspettando una risposta da Cecilia Deletres.

«Chi c'è da Tommaso?» chiede mia madre, sfilando gli occhiali da lettura.

Con gli occhi puntati sul mio iPhone di dieci anni fa, con la sua batteria che ormai non resiste più di un'ora, non mi ero accorta che Tommaso sta aprendo la porta della casa del faro e accanto a lui c'è una ragazza, non molto alta ma molto armoniosa. Come mai non è ancora al lavoro? Dev'essere una visita importante.

«Non lo so», mormoro, distrattamente. Chiunque sia non mi riguarda.

«Prendimi il binocolo», dice allora lei.

«Mamma, non possiamo.»

«Tu magari no. Lo sbinocolo io.»

Vado nello studio e glielo porgo, riluttante. «Almeno non da qui», la ammonisco.

Lei sbuffa e si nasconde in cucina.

Cinque minuti dopo è pronto il resoconto. «Non penso che sia sua parente. Te lo dico se mai volesse rifilarti che era sua cugina che è venuta a trovarlo.»

«Non è tenuto a rifilarmi nessuna scusa, per la cronaca.»

«D'accordo. Ma per tua conoscenza, sappi che sono in atteggiamenti inequivocabili», conclude, rimarcando come se ce ne fosse bisogno la parola "inequivocabili".

E vabbè. Mettiamoci una pietra sopra definitivamente. Che poi se c'era una persona sbagliata di cui innamorarsi, era proprio Tommaso. Condivide il patrimonio genetico con Enrico, non avrei mai potuto dimenticarlo. E comunque, due dolcetti, altrettanti messaggi e un'uscita al tramonto non costituivano una storia.

È un po' il mio karma. Tutta colpa del pallore ottocentesco, delle sopracciglia che non sfoltisco mai e dell'espressione da Maria Goretti che mi ritrovo. Ma anche della mia timidezza, che poi non è timidezza, ma incapacità a lasciarmi andare. Fatto sta che la mia vita sentimentale è destinata a rimanere movimentata come il deserto del Gobi. Per fortuna il disinteresse a instaurare rapporti solidi, nato e coltivato con cura negli ultimi anni, mi ha risparmiato tempo e delusioni. Meglio la routine di quegli sterili incontri con Pierluigi, che il mettermi in gioco e uscire sempre inesorabilmente sconfitta dai miei stessi limiti.

Mamma ripone il binocolo sulla superficie piastrellata della cucina. «Che dire», mormora, più delusa di me.

Il mio telefono squilla e vedo apparire sullo schermo un numero lunghissimo con un prefisso internazionale.

La comunicazione è molto disturbata e avviene in un inglese tremendo, ma riesco a captare il nome di Cassius. È la proprietaria russa del cagnetto. La conversazione si interrompe e prima che il telefono squilli di nuovo riesco a sintetizzare a mia madre la richiesta della legittima proprietaria di riaverlo indietro.

«Che bella notizia!» esclama lei.

«Mamma, anche no. Mi viene da piangere. Che serata di merda.»

E in effetti sento come un groppo in gola, per tutto l'insieme delle cose successe. Tommaso e la sua ragazza, la partenza di mamma, Cecilia Deletres che non risponde e questa sciagurata che prima se la scorda e adesso rivuole indietro la bestiola incurante dei sentimenti di chi l'ha accudita.

«Che problema c'è? Appena richiama dille che lo ha steso una macchina.»

«Non ci sono auto a Levura. E poi in generale mi sentirei in colpa, è sbagliato, devo restituirglielo anche se mi sono affezionata e...»

Ecco che la russa richiama. Prima che io possa ribattere mia madre mi prende il telefono dalle mani.

«*Da, da*», la sento dire. Non starà capendo nulla, ne sono sicura. Ma poi aggiunge. «*I'm really, really sad for that, but the lovely dog unluckily died last week. He was very very sick. And, to be honest, you should pay all the medical care, really expensive.*»*

La conversazione prosegue per un po', concludendosi con mia madre che esenta la russa dalle spese mediche e accoglie di buon grado tutti i ringraziamenti della ragazza per le cure profferte a Cassius. Riattacca molto soddisfatta. Io sono senza parole.

«Consideralo il mio regalo prima di partire. La mamma è sempre la mamma», dice facendomi l'occhiolino.

* «Mi dispiace davvero molto, ma l'adorabile cagnolino è morto la scorsa settimana. Era molto malato. E, a essere sincera, dovresti farti carico di tutte le spese sanitarie, molto, molto costose.»

SECONDA PARTE

I SEGRETI

1.

Nella malinconia del clima di addio generato dalla partenza di mia madre, che mai mi sarei aspettata così strappacuore, Giovanna e io ci siamo messe a fare le grandi pulizie per lasciare la villa agli inglesi, che arriveranno domani. Già stanotte mi sposterò nella dépendance. Come al solito i lavori fisici mi sollevano dalla pesantezza dei miei pensieri.

Tommaso e la ragazza sono usciti dal faro e adesso, mentre io mi spezzo la schiena a pulire la terrazza, stanno facendo un bagno a Cala Ventosa. Mi rifiuto di spiarli, non so se indugiano in effusioni o no. Nulla aggiungerebbe a quanto mi ha già riferito mia madre.

Meno male che mi è rimasto Cassius.

Gli inglesi sono arrivati intorno alle quattro del pomeriggio e sembrano più che entusiasti.

È tutto un «*wow*», «*delightful*», «*paradise*». Sono la felicità in formato famiglia.

Lui è un bell'uomo, i capelli hanno un taglio perfetto e indossa in maniera elegante una semplice tenuta estiva. Lei è di bassa statura, ha un naso un po' strano e le unghie laccate di nero. Poppy è semplicemente incantevole. Ha avuto per anni una baby-sitter italiana e ha imparato a parlare la lingua con qualche errore ma con una sintassi nel complesso comprensibile considerato che è solo una bambina di cinque anni.

Consegno le chiavi di casa al signor Wickham e gli spiego che io abiterò in una piccola dépendance. Lui ringrazia mentre Poppy saltella in terrazza lasciandosi andare a incontrollati gridolini di gioia.

E così sono passata da quasi trecento metri quadrati distribuiti su tre piani – inutili, è vero – ai venti di quello che mia madre definisce *studiò*.

L'ho attrezzato con tutto quello che mi serve e alla fine il risultato è uno zuccherino. E, a proposito di zucchero, mentre mi faccio un caffè per inaugurare la macchinetta mi accorgo di aver dimenticato di comprarlo. Vado quindi in paese per rimediare. Mentre sono fuori, decido di assecondare la voglia di granita al limone e quindi mi fermo al solito bar, dove prendo posto al tavolino vista mare che un cameriere si affretta a pulire con una pezza umida che sembra lercia. Ho appena fatto la mia ordinazione, quando, senza nemmeno chiedermi se mi fa piacere, Enrico si siede accanto a me. Non sembra urtato da quell'occhiataccia livorosa che attualmente temo di aver trasformato in blanda sorpresa. In verità sono incredula che trovi il coraggio di avvicinarmi ancora.

«Chi si rivede, Lena Santoruvo. Sei ancora sull'isola. Vuoi trasferirti qui per tutta l'estate come faceva tuo padre?» È così sciolto, così privo di imbarazzo.

Quest'isola è troppo piccola per entrambi, vorrei tanto dirgli. Ma resto paralizzata, continuo a fissarlo con indignazione e trovo assurdo che lui finga di non accorgersene.

«Un Rabarbaro Zucca con seltz, grazie», chiede al cameriere, tirando fuori dal taschino della camicia spiegazzata un sigaro con cui intossicare i presenti.

«Posso offrirti, non so… una brioche?»

«Ho una consegna da fare e devo proprio andare», ribatto molto seccamente.

«Di che tipo? Sai com'è… voi illustratori fate tanta di quella roba… dalle scatole dei cereali alle copertine dei libri… Tu su cosa stai lavorando adesso?» Domanda a trabocchetto. Invento una balla su due piedi, molto vaga, un'illustrazione per un settimanale femminile che di certo lui non conosce, e sono già pronta a scattare dalla sedia per andare via, quando lui estrae dalla cartucciera una potente munizione.

«Hai più visto Tommaso?» Faccio cenno di no con il capo. «Con gli orari che fa, mi rendo conto che è difficile. Però non mi dispiacerebbe se vi faceste compagnia», osserva, per poi aspirare lungamente il suo sigaro. Come può far finta di niente? E se avesse rimosso l'accaduto? Forse era davvero troppo sbronzo per essere consapevole di quello che stava facendo. Altrimenti non saprei come spiegarmi una tale abnegazione, una tale capacità di far sembrare che non sia successo niente tra di noi. Studio il suo profilo. Continua a essere bello, come è sempre stato, forse ancora di più, malgrado l'età che avanza. Mentre lo guardo mi tormento cercando di capire che bisogno aveva di farmi quello che ha fatto. Non aveva nessun bisogno. Avrebbe potuto avere qualunque ragazza o donna desiderasse. Perché prendersene una di nascosto, con tanta orribile vigliaccheria? Faccio per alzarmi, ma prima gli dico, a proposito di Tommaso: «Se ha scelto di vivere su un'isola come Levura, forse la compagnia non fa parte dei suoi desideri».

Enrico tamburella le dita dalle unghie corte sul margine del tavolo. «Dici?» Apparentemente il suo tono è noncurante, ma c'è una scintilla di malizia nel suo sguardo. «Sì, forse hai ragione. Dopo tutto quello che gli è successo, sarebbe comprensibile.»

A quel punto, nell'area del cervello in cui dimora la curiosità si propaga un incendio devastante. Vorrei domandare *cosa* gli è successo, ma penso che Enrico sia la persona più sbagliata con cui intavolare qualunque tipo di conversazione.

Dunque raccolgo la mia borsa, mi congedo frettolosamente e mi ritiro in picchiata nel mio piccolo nido, in cui cerco riparo per quanto possibile, dal momento che è dai miei ricordi e dalle mie paure che dovrei difendermi e non esiste muro che possa tenerli lontani.

Dalla dépendance non sento più il rumore del mare. Mi ero abituata ad averlo come sottofondo dentro di me, come un acufene, ma in compenso mi giunge il profumo dei fiori di limone che resistono anche se è giugno e devo godermeli perché dureranno ancora per poco.

Come diretta conseguenza, ho disegnato alberi su alberi di limoni e, mentre ne sto rifinendo uno, il suono dell'arrivo di un'e-mail mi distrae. La mittente è Cecilia Deletres ed esattamente come mi aspettavo, né più né meno, ha trovato i miei disegni molto divertenti, eppure ritiene che manchi qualcosa... cosa sia questo qualcosa ha difficoltà a spiegarlo verbalmente, forse, azzarda, una certa audacia espressiva.

Mi esorta tuttavia a continuare a lavorare per cercare la mia voce, o meglio, prosegue, ritrovarla.

E va bene.

Per farmi del male mi metto sui social. In questi giorni si tiene un salone per illustratori in una cittadina della Francia. Un tempo ci andavo anche io. Mi soffermo a guardare il profilo di un'illustratrice che conosco, una ragazza abbastanza in gamba, ma anche molto intraprendente e di sicuro molto ambiziosa. Insomma, la suddetta ragazza, che è diventata la nuova pupilla di Cecilia Deletres, ovviamente è lì. Ma non solo lei, ci sono altre giovani promesse, tutta una serie di sgallettate in posa come se fossero alla gita dell'ultimo anno di liceo. Brutta bestia l'invidia, Lena. Sotto le loro immagini, tutto un piovere di commenti e hashtag come *Ti voglio bene* o *Felici di essere qui*, e io mi sento al di fuori delle vite degli altri. Come una spettatrice invisibile e anonima, osservo i successi altrui, sfidando me stessa a non compiangermi per essere un bacino di raccolta di fallimenti.

Guardo il mio albero, appallottolo il foglio e lo butto via.

I Wickham mi hanno chiesto se ho voglia di ritagliarmi un po' di tempo per far esercitare in italiano Poppy. Vorrebbero darmi dieci sterline all'ora e io non sono in condizioni di rifiutare. I colori e la carta sono cari e io ho puntato un nuovo arancione, una vernice di una marca inglese che costa uno sproposito. In tutta franchezza, la bambina è così carina e spiritosa che dovrei pagare io per stare con lei.

Così torno in quella che tecnicamente è casa mia per

chiacchierare con Poppy su quello che in generale le piace dell'isola.

«Mi piace il colore del mare.» Il suo accento è marcato e buffissimo. Quando sbaglia, sbuffa e gratta la testolina. Le piace essere molto precisa, ma io trovo già impressionante che sia capace di parlare un'altra lingua in questo modo.

«Poi mi piace Cassius», dice rivolgendo un'occhiata allo sgorbietto che nel frattempo è andato a rovistare nel loro pattume dell'umido. Ha preso l'abitudine di disertare la dépendance, forse non ha ancora capito che per un po' staremo lì, rimarcando la propria attitudine ad ambienti più consoni al suo lignaggio raggiungendo gli inglesi che per fortuna, nonostante tutto, lo tollerano.

«Questo ti fa onore, vuol dire che sai andare oltre le apparenze.» Poppy mi chiede di ripeterglielo nella sua lingua, ma la traduzione è fuori dalla portata del mio inglese e così lascio che il mio pensiero si disperda.

«Guarda! Quella nuvola sembra un drago seduto su... come si dice *bench* in italiano?» Seguo il suo sguardo, mentre le dico che *bench* si traduce con "panchina". In tutta sincerità nella nuvola che sta indicando non vedo nessun drago e men che meno una panchina, e dire che proprio a me l'immaginazione non dovrebbe mancare.

«Lo sai che ho un segreto?» mi chiede, mentre cerco ancora di riconoscere la figura che lei ha visto.

«Ah sì? Vuoi dirmelo?» Evidentemente i segreti sono parte della vita di ognuno di noi a qualunque età. Forse una parentesi nascosta è una necessità dell'anima.

«Non lo dico a molte persone», precisa nella sua lingua.

«Scegli tu.»

«Il mio segreto è che sono un elfo», sussurra con aria cospiratrice, facendo attenzione che nessuno attorno la stia guardando.

«Oh, capisco», dico prendendola molto sul serio. Si illumina quando capisce che credo a quello che mi ha detto, arriccia il naso e si stringe nelle spalle. Da dietro la montatura rosa con lenti da ipermetrope che li fanno sembrare più grandi, i suoi begli occhi azzurri sprizzano scintille. Adoro la sua semplicità, il fatto che le piacciano i libri, che sia curiosa senza essere petulante. Se non è a zonzo per l'isola resta in casa e gioca con i genitori a Uno. La famiglia Cuore. Brucerei d'invidia, se non fosse che mi sono molto simpatici.

Non ho più avuto modo di vedere Tommaso, anche solo casualmente, e non so se abbia ancora ospiti. Forse no. In serata ricevo un suo messaggio dai toni neutrali, un *Come stai?*, cui rispondo con un tono un po' distante. Mi sono domandata più volte cosa intendesse Enrico quando ha fatto cenno a «quello che gli è successo» e altrettante volte mi sono chiesta chi fosse la ragazza che è stata al faro con lui. Qualcosa mi fa pensare che quella prima impressione che ho avuto di lui, quella di un ragazzo solare senza inquietudini, fosse completamente sbagliata e non facesse che rispondere a quello che io avevo bisogno di vedere.

2.

L'indomani, Simona mi invita a cena.

«Una cosa informale, siamo soltanto noi. Immagino che adesso che tua madre è ripartita soffrirai un po' la solitudine... Vivere su un'isola è bello, ma non bisogna *isolarsi.*»

Accetto.

Le ragioni sono tante.

La prima è che stare da sola a oltranza non mi fa bene.

La seconda è che in effetti la soluzione di vivere di cibi freddi o che si possono scaldare al microonde non mi sazia abbastanza.

La terza è che ho bisogno di uscire di casa con una direzione precisa.

E quindi mi presento alle otto in punto, con un dono fatto da me. L'essere brava a disegnare mi ha sempre risolto il problema dei regali. Ho scoperto che la gente adora ricevere disegni e io adoro farli, quindi siamo tutti felici. Ho ritratto Levura vista dall'alto. Trovo che sia venuto così bene che mi azzardo a pubblicarlo su Instagram. Ricevo pure una pioggia di like. Oh! Se si traducessero in commissioni!

«Fabrizio, vieni a vedere com'è bello il disegno che ci ha regalato Lena!»

Simona sembra entusiasta. Programma già di farlo incorniciare e di inserirlo in una composizione di stampe e dipinti che c'è nella parete della sala.

«Autografacelo, un domani varrà una fortuna», scherza Fabrizio. Magari Cecilia Deletres la pensasse come loro! Però forse non dovrei fermarmi a lei. Okay, è la voce più autorevole del settore, ed è stata la prima a credere in me, ma il mondo non inizia e finisce con lei. Mentre cerco nella memoria eventuali alternative da contattare, Fabrizio mi porge un calice di vino bianco. Sta raccontando che il pesce lo ha preso lui, ha una canadese che ormeggia al porticciolo lì di fronte e a volte, all'alba o al tramonto, esce per pescare. Simona lo ha cosparso di sale grosso e rondelle di limone e lo ha infilato in forno così com'è, e non ho idea di come dir loro che non lo mangio, quando è evidente che cercano di farmi sentire accolta, di ricambiare, forse, l'ospitalità che hanno ricevuto dai miei tanto tempo fa.

La loro compagnia è estremamente gradevole e il vino mi aiuta a distendermi. Riesco anche a ridere di qualche battuta, sollevandomi per qualche ora dal ruolo della protomartire. E tra una cosa e un'altra si fanno le undici, al che Simona insiste che Fabrizio mi scorti fino a casa.

È un pensiero molto gentile, per cui il mio diniego suona così ostinato da sembrare quasi brutale.

«Davvero, Lena, non è più la stessa isola di quindici anni fa, c'è un grande flusso di gente, non si sa mai che ti imbatti in qualche malintenzionato», insiste molto maternamente.

La cosa buffa è che proprio sull'isola di quindici anni fa io ho trovato un malintenzionato – che parola, l'avrebbe apprezzata mia madre – ma in quel caso, il pericolo non era fuori, bensì dentro casa.

Ma questi paralleli sono del tutto inutili, mi portano solo a correre incessantemente su una ruota, chiusa in gabbia come un criceto.

Di notte l'aria si conserva ancora fresca. La maglietta a righe che indosso non mi basta e mi stringo le braccia, come per scaldarmi. Mentre a piccoli passi percorriamo la salita verso casa, Fabrizio mi fa una domanda.

«Hai sentito tuo padre, di recente?»

«Non più del solito… non siamo quel tipo di genitore e figlia che si sentono tutti i giorni.»

«Ero curioso di sapere se gli avevi detto che ci siamo rivisti.»

Resto un po' perplessa, non capisco dove voglia andare a parare. «Non è capitato», rispondo, e lui sembra irrigidirsi.

«Se vuoi te lo saluto. Oppure, se ti va, ti do il suo numero americano, magari non ce l'hai.»

«No, non ti preoccupare», si affretta a dire, con un'aria sempre più misteriosa.

Parlando di sciocchezze nel frattempo arriviamo a casa mia. Fabrizio ripone le mani nelle tasche dei bermuda e saluta un po' impacciato con un vago «Arrivederci».

Lo guardo imboccare la via del ritorno, con la testa bassa e mentre si allontana, controllo il fuso orario per capire se è il caso di chiamare mio padre con una scusa e chiedergli la vera ragione per cui Fabrizio e Simona se ne andarono via all'improvviso, il 14 agosto prima di quella notte terribile. Secondo me lui era l'unico a saperla, ma preferì non parlarne con nessuno.

Provo a contattarlo via Skype, ma mi dice di essere impegnato.

«È urgente?»

«No, papà.»

«Meglio così. Ti chiamo domani, promesso.»

Ma poi domani arriva, e anche dopodomani.

E lui non mi richiama.

3.

Resto con Poppy mentre i Wickham approfittano di una giornata meno afosa per una escursione a piedi fino al castello normanno, che è troppo faticosa per una bambina.

«Qual è il tuo lavoro?» mi chiede.

«Io disegno.»

«Davvero può essere un lavoro?» domanda un po' sbigottita.

«Sì. Ma non si guadagnano soldi, se non si è molto molto bravi.»

«Mi fai vedere come lo fai?» mi propone, ma in inglese.

«Certo. Cosa vuoi che ti disegni?»

«*Me.*»

Mi metto all'opera. Poppy è affascinata dai miei colori, mi chiede se può usarne qualcuno e, alla fine, il mio disegno raffigura lei mentre disegna.

«Ma non è un ritratto», obietta. «Cioè non sono io come in una fotografia.»

«Lo avresti preferito?»

Mi sento un po' in colpa. Sono pagata per parlarle in italiano, ma questa conversazione è molto difficile per una bambina della sua età.

Poppy lo studia. Io disegno a modo mio, come ogni illustratore lo fa a modo proprio. Non ritraggo le cose come sono, ma come le vedo. Non ho mai puntato sulla tecnica, non sarei davvero capace di riprodurre esattamente le fattezze di una persona, come farebbe un ritrattista. Mi piace piuttosto dare l'idea di cosa la caratterizza. Nel mio disegno, ho usato una matita rosso scuro per il contorno del viso, poi ho tratteggiato il nasino all'insù e un sorriso a forma di semiluna. Poi le ho fatto una zazzera di capelli gialli, gli occhialoni rosa, una maglietta turchese fluo e mani piccoline.

«Mi piace tanto», dice, in italiano, per poi aggiungere in inglese: «Preferisco così». Continua a specchiarsi nel disegno e poi mi chiede: «Me lo regali?».

«Certamente», rispondo, scrivendole in *hand lettering* con un lampostil: *Per Poppy da Lena.* L'effetto finale mi soddisfa particolarmente, e mi riprometto di disegnare ancora Poppy e di inserirla nel mio nuovo portfolio, come pure il disegno che ho regalato a Simona. Forse, semplicemente, i disegni che mi vengono meglio sono quelli con cui credo di non dover dimostrare niente. Anziché sforzarmi di produrre qualcosa di adatto al sofisticato palato di Cecilia, adeguandomi alle sue regole non scritte, dovrei seguire un po' di più il mio istinto.

Poppy mi distoglie dai miei pensieri mostrandomi il foglio sul quale ha disegnato il mare e una barchetta bianca su cui c'è lei. «Perché io da grande voglio fare il capitano di una nave e girare tutto il mondo.»

Al loro ritorno, rifiuto di essere pagata dai Wickham. Abbiamo parlato poco in italiano, abbiamo disegnato ed è stato più utile per me che per Poppy. «La prossima volta», prometto.

Poi decido di farmi un bagno a Cala Ventosa. È un giugno così caldo che non ha niente da invidiare ad agosto e l'isola è già stata presa d'assalto dai villeggianti. Al largo vedo un paio di imbarcazioni. L'acqua è meno limpida, punteggiata da grumi bianchi di schiuma, ma è già calda. Il bagno dura poco, mi riavvolgo presto nel telo e percorro la mia salita.

Arrivo a casa azzerata dalla pressione bassa. Faccio una doccia e mi metto al computer. Si sa com'è il web, si parte da qualcosa, si arriva a tutt'altro. E senza capire quale traiettoria mi ci abbia condotta, approdo al sito della BIB, aka Biennial of Illustration Bratislava, un'esposizione internazionale molto prestigiosa che ogni due anni premia gli illustratori con un Grand Prix e svariati altri riconoscimenti minori ma non meno appetibili, specialmente per me e specialmente in questo momento.

Deadline per l'invio dei lavori: 30 giugno.

Santo cielo. È tra una settimana.

Vado a vedere i vincitori degli anni passati, studio i loro lavori pensando alle parole di Cecilia Deletres. Audacia espressiva. Eh. Qui ce n'è quanta ne vuoi.

Alcuni disegni non mi piacciono, lo confesso. Non è un problema tecnico, ma di quello che mi trasmettono. Credo che audacia espressiva non debba diventare sinonimo di dover stupire a tutti i costi, o si finisce con il perdere autenticità. Molti altri invece sono vulcanicamente creativi e io mi sento dieci passi indietro.

Una settimana.

Cos'ho da perdere?

La speranza? Naaaaaa. Quella l'ho persa da un po', chissà dov'è finita.

Di carta, nei giorni successivi, ne butto via parecchia.

Niente mi piace.

Audacia espressiva, non pervenuta.

Oggi il mio fratellastro americano compie sei anni. Gli ho mandato un pacco di Lego e un biglietto di auguri disegnato da me: Leone in groppa a un leone. Poca fantasia, ma del resto è tutta concentrata sulle tavole da mandare al BIB.

Ci sentiamo via Skype quando a New York sono le due del pomeriggio. Mio fratello è molto affettuoso, ma come tutti i bambini se è distratto da altro, al telefono non rende al suo meglio. Tra poco il loft di Brooklyn si riempirà di amichetti, Joanna è presa dalla festa, papà sembra il nonno del festeggiato ma è un pensiero troppo cattivo, quindi mi limito a dirgli che Leone è bellissimo con quei boccoli biondi da cherubino, la polo Ralph Lauren immancabile, la finestrella aperta sul suo sorriso – il dentino davanti è caduto proprio tre giorni fa.

«Scusa se non ti ho richiamata, Lena, sono stati giorni veramente incredibili, e sai, il fuso non aiuta a trovarci.»

«Non preoccuparti, papà. Era per un saluto. E poi per una scemenza.»

«Che scemenza?»

«Sai che qui ho rivisto Fabrizio?»

«Ah. Be' sì, anche lui trascorre l'estate a Levura.»

«Sai papà, mi è tornato in mente… com'è che andarono via precipitosamente, il giorno prima di ferragosto?»

«Che storia sei andata a rivangare…» commenta lui, come infastidito.

«Era solo curiosità.»

«Non c'è motivo di essere curiosi, credimi. Piuttosto, come stai, tu, mia dolce Lena?» mi chiede ed è evidente che vuole cambiare argomento. Sento molto la sua mancanza, la sento davvero. Vorrei dirglielo ma non so, forse non è il caso.

«Bene, papà. Mi piace stare a casa nostra», gli dico consapevole che non è del tutto vero, ma che può fargli piacere.

«Non sai quanto ne sia felice… speravo tanto che per te diventasse un rifugio.»

«È stato un regalo bellissimo. Papà… se tu volessi venire in vacanza, per un po'… con Joanna e Leone… sarebbe così bello…» mi ritrovo a dirgli, un po' insensatamente perché in verità devo battere cassa e spero con tutto il cuore che la trattativa con i tedeschi per il mese di agosto vada in porto, ma sarei pronta a rinunciare a tutto pur di vederlo arrivare, giocare un po' con Leone, fare il bagno con lui a Cala Ventosa con i braccioli e magari insegnargli a nuotare. Papà mi insegnò proprio qui, venticinque anni fa. Com'è tutto dannatamente diverso.

«Sarebbe bello, sì… ma, Lena, Joanna ha già prenotato per quest'anno, andiamo a Lipsi.»

«Lipsi? Dov'è?»

«Un'isola del Dodecaneso.»

«Un'isola? In Grecia?» Lui balbetta un ingiustificabile sì. Non mancano le isole in Italia, eh. Vorrei tanto dire.

«Magari ci organizziamo per l'anno prossimo, che dici?»

«Certo, papà. Be', ti lascio ai preparativi della festa. Sarà super. Mandami le foto, ci conto!» dico, tutta frizzante, e poi per fortuna le connessioni a Levura sono quel che sono e cade la linea.

4.

Durante un'altra sessione di italiano, parlo con Poppy di clima e stagioni e lei mi chiede di disegnare l'estate.

«Dimmi un po'. Cosa metteresti tu in un'immagine che rappresenta l'estate?»

Ci pensa un attimo e risponde nella sua lingua. «Il sole con i raggi arancione, così si capisce che è molto caldo e c'è molta luce. I fiori che aprono i petali e si mettono a prendere il sole.» Altro che lezione di italiano. In pratica è lei che fa a me una lezione di disegno concettuale.

«E la spiaggia, non c'è?»

«Non a Cambridge.» Non fa una piega. «Guarda cosa so fare», mi dice schioccando pollice e medio tutta orgogliosa. Non le riesce sempre, ma quando le capita di fare il rumore con le dita insiste: «Visto?».

«Sono molto impressionata.» Mentre disegno una margherita, che è la sua nuova richiesta, sento suonare il campanello, ed è Tommaso.

Non riesco a nascondere la sorpresa e anche il desiderio che non sia qui per quel genere di richieste tra vicini, tipo che gli è finito il sale.

«Ciao», lo saluto con la solita verve del bradipo.

«Ho pensato di chiederti se ti andava di fare un giro», dice lui, che se non altro sa andare dritto al centro del discorso e non si perde in inutili sbrodolature. Sono un po' confusa, perché sì, mi fa piacere che si sia fatto vivo, ma non dimentico che forse c'è un'altra ragazza, da qualche parte, che conta qualcosa per lui. E non dimentico chi è suo zio.

Ma devo pensarci proprio oggi? Non può proprio mai essere estate anche per me?

«Oh. Mi piacerebbe molto, in realtà. Moltissimo. Magari più tardi? Adesso sono con Poppy, le faccio da baby-sitter.»

«Ah, capisco. Be', ma puoi portarla con noi, se ti va. Non avevo in mente niente di vietato ai minori. Non ancora», dice, inarcando un sopracciglio con una smorfia fintamente seduttiva che però mi lascia di stucco.

«O-okay. Le chiedo se le va.»

E, Dio la benedica, a Poppy va.

Così, dopo aver chiesto il permesso a Rose via SMS e tenendola per mano senza mai mollarla perché mi sento responsabile, riprendendola ogni due per tre perché vuole togliere il cappellino, Poppy e io ci uniamo a Tommaso, che, con le mani nelle tasche del jeans e gli occhi coperti dai Ray-Ban neri, è un po' più lento e non riesce a tenere il nostro passo. Dapprima la bambina è un po' intimidita e schiva, poi si lascia andare e adesso monopolizza la conversazione fino a che non ci imbattiamo in un ragazzo che fa acrobazie con la bici ipnotizzandola.

«Ma come fa!» ci chiede, con gli occhi sgranati. Per tutta la durata della performance improvvisata resta in silenzio.

«Che peccato che poi da grandi lo perdiamo tutto questo entusiasmo», considera lui.

«Già. Ce lo fanno perdere», dico, pentendomene perché ho la sensazione di non dirgli mai la cosa giusta. Ma è anche vero che, mio malgrado, mi sto mostrando a lui come sono davvero, con i miei silenzi e il mio scarso senso dell'umorismo e dopotutto siamo qui perché lui lo desidera, quindi alla fine non devo essere troppo noiosa. Certo, non so a che gioco stia giocando. Ammesso, naturalmente, che davvero stia giocando e che la mia compagnia, benché scadente, non sia l'unica preferibile all'eremitaggio.

«Quanto hai ragione», dice con un sussulto triste, un po' troppo per quello che la mia affermazione di per sé implicava. Oggi in lui c'è un'impalpabile malinconia. È più taciturno e mi nasce il sospetto che sia voluto uscire di casa perché sperava di far passare il malumore facendo due passi. Poi mi accorgo che c'è uno scambio di sguardi tra lui e un uomo che si è messo come noi a guardare lo spettacolino dell'equilibrista. «Meglio che ce ne andiamo», dice come volendo dissimulare un tono molto freddo senza tuttavia riuscirci.

«Poppy ci resterà male», obietto. Lui diventa un po' insofferente e vorrei chiedergli se c'è qualche problema che non capisco, ma invece gli dico: «Okay, se non ti va più, andiamo», e mi avvicino a Poppy per sussurrarle all'orecchio che è ora di andare. Sto per poggiarle la mano sulla spalla quando lui mi ferma trattenendomi per il polso. «Lascia stare, lasciamo che finisca di vedere lo spettacolo», mi dice, ed è ovvio che è stato un gesto banale, istintivo, naturale, ma per me è una sensazione insopportabile. Per me, che ho sperimentato quanto più dura dell'acciaio possa essere la forza di un uomo. Abbasso lo sguardo, avvampando, e quando lo rialzo mi accorgo che quell'uomo che Tommaso stava fissando gli si è avvicinato e stanno parlando di «ospedale» e «Milano», ma non posso capirne di più perché l'acrobata ha finito i suoi esercizi e la prorompente parlantina di Poppy è tornata in attività. Tuttavia mi sembra di cogliere un ulteriore incupimento nell'umore di Tommaso, che liquida il suo interlocutore con modi spicci e per il resto del tempo tiene lo sguardo basso. Io mi sento ancora sottosopra per quel gesto e anche lui deve essersi reso conto di aver calibrato male la forza.

«Senti, Lena, volevo chiederti scusa per prima», dice a voce bassa, mentre Poppy va a raccogliere foglie e rametti.

«Per cosa?» gli chiedo volutamente.

«Non mi sono controllato», risponde con vera mortificazione.

«Forse l'incontro con quel tipo ti ha innervosito?»

Lui mi fissa come se si sentisse smascherato. «Mi ha ricordato cose che preferirei dimenticare.»

E quando una persona ti dice così, non puoi di certo rispondere chiedendogli cosa gli sia tornato alla mente. La curiosità mi divora, poi Poppy ci raggiunge e la conversazione cade nel vuoto. Ci salutiamo con un po' di imbarazzo, come se nostro malgrado, senza che lo desiderassimo, fossimo stati costretti a un passo indesiderato.

Il giorno dopo non ho sue notizie e di notte il sonno è turbolento.

Continuo pateticamente a pensare a lui, come un'adolescente alle prese con la prima cotta, ma rivivo anche quel momento in cui mi ha stretto il polso. So che non c'era l'intenzione di farmi male e in realtà non me ne ha fatto, quel gesto non è che un'eco di altro male che ho ricevuto.

Mi risveglio all'una e non riesco a riprendere sonno mentre Cassius invece ronfa. Dalla villa mi giungono le voci dei Wickham, piene di concitazione, e non è da loro schiamazzare a notte fonda. Infilo il primo abito che trovo ed esco per capire che succede. Incrocio James, assonnato, nei pressi del cancello. Rose tiene in braccio Poppy, che sembra molto sofferente. Vogliono portarla alla guardia medica.

Nonostante tutto si scusano, ipotizzando di aver fatto talmente tanto rumore da svegliarmi. Dico loro che non stavo dormendo, ma soprattutto cerco di convincerli a rimanere a casa e tenere Poppy a riposo. Avrei chiamato io il medico chiedendogli di venire direttamente qui. I Wickham sembrano molto incerti, ma ho già composto il numero di Tommaso prima di ottenere il loro assenso.

«Lena?» Anche lui sembra già sveglio.

«Scusami. Non ti chiamo per me.»

Gli spiego di Poppy e lui mi fa qualche altra domanda che giro ai genitori, per poi tradurgli le loro risposte. «Finisco di mettere due punti di sutura e arrivo.»

Poppy è stesa sul divano, spaventata. Le ho toccato la fronte, la febbre dev'essere alta. L'attesa sembra interminabile ma in realtà è trascorsa meno di mezz'ora da quando ho chiamato Tommaso a quando lo vedo varcare la soglia della villa.

Si avvicina a Poppy e le stringe la mano, chiedendole di sollevare la maglietta e di fargli vedere il pancino e la avvisa che la toccherà e forse le farà un po' male, ma che andrà tutto bene, che non ha nulla da temere, che il mal di pancia capita a tutti i bambini e che le passerà presto. Ma quando ha finito, e dà le spalle alla bimba, mi accorgo che nel suo sguardo non c'è sollievo, anzi sembra preoccupato.

Tommaso spiega in un buon inglese che attiverà la procedura per l'elisoccorso perché Poppy ha l'appendicite e non si deve perdere tempo. Io mi offro di rimanere con i Wickham, non potrei mai chiudermi nella dépendance e far finta di niente.

Mentre Tommaso fa tutte le telefonate necessarie, Rose bisbiglia alla piccolina che appena si sentirà meglio la porterà a prendere un buon gelato e James comunica febbrilmente al telefono con i nonni di Poppy. Io fisso il pavimento e non riesco a immaginare come potrei in effetti rendermi utile.

«Arrivano tra mezz'ora», annuncia Tommaso, accarezzando il piedino di Poppy. E mentre lui spiega ai genitori quali saranno i passi successivi, io mi preparo a una lunga notte.

Al termine delle procedure, quando tutta la famiglia è a bordo dell'elicottero diretto verso un ospedale di Palermo, Tommaso è tornato in ambulatorio e io, anziché rientrare a casa, sono andata con lui, tanto non avevo sonno.

«Pensi che sia molto grave?»

«Diciamo che per una bambina così piccola non è una sciocchezza.»

«Sai a che ora è il primo aliscafo la mattina?»

«Alle sette e dieci, mi sembra», risponde lui, facendosi un caffè.

«Vorrei andare a Palermo, per aiutarli. Sono in un paese straniero e gli amici, quelli a cui ti rivolgeresti in un momento del genere, sono lontani. Mi farebbe piacere fare qualcosa per loro.»

«Hai ragione. Vengo con te, è meglio. Finisco il turno alle otto, prendiamo insieme il primo aliscafo utile, okay?»

«Grazie», gli dico.

Ci stringiamo la mano e non è un semplice saluto, lo capisco, è qualcosa di più. Forse non è il momento di chiedersi cos'è, forse non è che un modo per dare sollievo alla paura, alla stanchezza, ma quel che so è che non vorrei più lasciare la sua mano.

Ci vediamo al porto qualche ora più tardi e abbiamo entrambi un pessimo aspetto. Lì c'è una specie di bar-tabacchi-negozio di souvenir, un minuscolo antro che non ha uno spazio all'aperto ma è ottimo per rimetterci in sesto con un caffè doppio a testa. L'aliscafo arriva in ritardo, come accade spesso. Mi sento debole, ma penso che mi sentirei molto peggio a languire nella dépendance. Tommaso si addormenta sul sedile in una posizione che gli farà venire il torcicollo, ma non oso svegliarlo.

Come mi sembra caotica e detestabile oggi Palermo. È che ormai mi sono abituata ai tempi dell'isola, e così, adesso, nella dimensione urbana tutto mi sembra troppo rumoroso e invadente.

Tommaso si sveglia da solo quando l'aliscafo attracca. Si mette in piedi barcollante e appena scende sulla terraferma si bagna la testa e il viso con l'acqua di una bottiglietta.

«Scusami. Non è il massimo. Ma mi devo riprendere.»

Poi ferma un taxi e alla fine insiste per pagare la corsa.

All'ospedale civico, dove è stato trovato posto per Poppy, i Wickham sono sorpresi di vederci, ma al contempo rincuorati. In certi momenti anche i visi di gente conosciuta da poco risultano consolanti. Sono ridotti uno straccio.

Poppy è stata operata d'urgenza e adesso sta riposando. James sta cercando un hotel nei paraggi in cui rimanere fino a che la figlia starà in ospedale. Tommaso parla con il chirurgo, tutto è andato bene e non c'è motivo di aspettarsi brutte sorprese, il ricovero durerà circa una settimana, ma poi bisogna contarne almeno un'altra per riprendersi del tutto. Come immaginavo, la vacanza di Poppy è sostanzialmente bruciata.

Dopo aver portato loro delle brioche e aver appurato che hanno trovato una buona sistemazione a cinque minuti a piedi da qui non possiamo fare altro per loro, così Tommaso e io decidiamo di rientrare.

Il mare è mosso, patisco una nausea terribile ed entrambi ci sentiamo così stanchi da preferire il silenzio. Quando apro la porta della dépendance con le ultime forze residue, mi lascio cadere sul letto e mi abbandono al sonno più profondo.

Mi sveglio che è quasi sera. Il motorino del minifrigo che ronza è l'unico rumore attorno a me.

Trovo un paio di chiamate di mia madre, allarmata perché pensava fossi morta per overdose da psicofarmaci. Trovo anche una chiamata persa di Tommaso. Forse ha novità su Poppy.

«In realtà no. Avevo chiamato per sentirti.»

«Ah», è tutto quel che dico.

«Ti va se ceniamo insieme? In orario nordico però. Poi devo andare in ambulatorio».

Le cose stanno prendendo una piega che non posso più fingere di non capire. C'è un'energia che scorre tra di noi, nonostante il sospetto che sia già impegnato e, peggio ancora, la certezza che sia il nipote di una persona orribile. Ma non voglio scappare da lui. Io voglio passare del tempo con lui, non c'è cosa che in questo momento mi dia altrettanta gioia. Nella sua banalità, è questa la verità. L'alternativa, del resto, è seppellirmi nella dépendance o approfittare dell'assenza dei Wickham per trascorrere la sera in terrazza a guardare le luci lontane della città. Da sola. Sai che spasso.

«Va bene.» Mi rendo conto che le mie risposte sembrano quelle della sfinge. Quando verrà il giorno del Giudizio Universale, al momento di decidere per me, Dio & Co. non potranno mai dire «Era troppo leggera», a dispetto di tutte le volte che io l'ho rimproverato a me stessa, dicendomi che era stato qualche mio atteggiamento da ninfetta a persuadere Enrico che mi sarebbe piaciuta tanto un'incursione nella mia stanza nottetempo.

«Facciamo da me?» butta lì lui, con tono innocente.

«Non sei troppo stanco per cucinare?» gli chiedo allora.

«Spaghetti aglio e olio. Ce la posso fare. Fidati, dai.»

È una parola semplice, detta senza evidenti seconde intenzioni, ma non potrebbe mai immaginare quanto davvero desidererei potermi fidare di lui.

Faccio una doccia veloce. Attacco il phon alla presa ma non si accende. Spengo e riaccendo, soffio dentro la ventola. È inutile, lo so, ma che altro fare? Nessuno è al suo meglio con i capelli bagnati, è una delle certezze della vita. Intanto è così che dovrò presentarmi. Per di più vestita di rosa sto malissimo, ma è l'unico vestito pulito e stirato (Giovanna mi fa il servizio di lavanderia per quattro soldi, davvero, ma con i suoi tempi).

Mi presento al faro con quest'aspetto un po' naïf, che non lascia intendere che io sia lì per flirtare. La casa è infestata da un pungente odore di soffritto. È strano cenare alle sette, neanche fossimo nel clou dell'inverno in una città della Pomerania, anziché nel pieno di una bella estate mediterranea.

Vorrei con tutta me stessa chiedergli chi fosse la ragazza che gli ha fatto visita, ma le implicazioni sarebbero incalcolabili e preferisco risparmiarmele. Del resto sarà una cena flash, non è nemmeno un vero appuntamento.

Vedendola dall'interno la casa è meno dimessa di come immaginavo spiando con il binocolo dalla terrazza di casa mia. Ha realizzato lui stesso mensole e lampade e ha rimesso a posto il tavolo e le sedie. L'aspetto ha un sapore un po' rudimentale, ma inconsapevolmente *cool*, anche perché il legno è levigato dal mare e dal vento e nessun designer saprebbe riprodurne la forma.

«Senti, se le cose dovessero andarti male come medico se non altro hai un piano B.»

Vorrei solo fargli un complimento scherzoso, ma Tommaso si incupisce un po'. Fatto sta che ribatte: «Mi tengo aperte tutte le porte», ma non riesce ad avere un tono spiritoso.

Anche in cucina se la cava, la pasta è molto gustosa e non è vero che è facile da fare, a me non è mai venuta bene.

«È il mio cavallo di battaglia», nicchia lui. «La faccio sempre quando voglio fare colpo.»

«Be'. Se volevi fare colpo su di me ti eri già avvantaggiato riparandomi il tetto e salvando la vita a Poppy», ribatto, certa che stia solo scherzando. Lui risponde con un bel sorriso e io un minuto dopo sono già intenta a vivisezionare quello che ho detto, non concedendomi il lusso di un po' di leggerezza, condannando sempre tutti i miei sforzi di comportarmi come una ragazza normale. A furia di restare chiusa in me stessa mi sembra difficilissimo parlare agli altri con naturalezza. Forse dovrei trovarmi un lavoro d'ufficio. Oltre che per l'aspetto economico, anche per riabituarmi alla socialità. Il mio problema è che non sono qualificata, so solo disegnare e tormentarmi. La seconda skill, tuttavia, potrebbe tornarmi utile. Sono addestrata a sopportare le peggiori critiche, provenendo in genere le più crudeli da me stessa.

Parliamo ancora di Poppy, il chirurgo che l'ha operata lo ha chiamato per dirgli che c'è stata una piccola complicanza ma che la situazione è rientrata. Io sono sempre più dispiaciuta per i Wickham, credo che gli abbuonerò l'affitto di questa settimana perché mi sembrerebbe un incasso del tutto ingiusto. Non diventerò mai ricca, di questo passo. Domattina devo ricordarmi di chiamare Levura Treasures e fare pressione. Che facciano un prezzaccio ai tedeschi, non posso rischiare di lasciare la casa sfitta in agosto, sarebbe come se l'asteroide del collasso economico si abbattesse su di me.

Finiamo la pasta, lui fa i piatti – non vedo l'ora di raccontarlo a mia madre –, va a lavarsi i denti ed è pronto per andare al lavoro. È molto avvenente anche se ha l'aria un po' ascetica di chi si è abituato a vivere con orari sballati.

«Come sono per adesso le tue notti?»

«Piuttosto affollate. Soprattutto di ragazzi ubriachi. A diciott'anni dal farsi un paio di birre al perdere la dignità è un passo.»

Chiude il portoncino. La serratura è un po' vetusta e ci

vuole un certo movimento di bacino per far entrare il chiavistello nella bocchetta.

«Ti accompagno a casa, mi viene di strada.»

Il cielo nel frattempo si è screziato di color albicocca. Mi inchiodo a guardare il tramonto, anche se so di dovermi dare una mossa perché lui deve andare al lavoro.

«Ti mancherà questo colore in città», dice lui affiancandomi.

«Sì. Ma poi, quando finisce l'estate, ti manca la città, dove prima o poi si deve tornare.»

«Non sempre», replica lui, voltando le spalle e iniziando a far strada.

«Anche mio padre la pensava così, e credevo che non avrebbe mai lasciato l'isola. E invece, è finito in America e qui non è mai più tornato.»

«Lo ammetto, non ho mai letto i libri di tuo padre. Ma mio zio mi ha detto che era un genio.»

«Be' lo è ancora, suppongo, solo che fa altro.»

«Giusto.»

«Hai un buon rapporto con tuo zio?» chiedo per sondare. Con che fine, non lo so.

«Sì. È stato lui a consigliarmi di venire qui, in un momento in cui avevo bisogno di alternative.»

«Come mai?»

«Te lo racconterò», risponde, collocando in un vago futuro un momento in cui potremo vederci ancora ed entrare nell'area recintata della confidenza. «Mio zio non ha avuto figli per scelta, ha delle sue teorie strane, molto catastrofiche, sul destino dell'umanità. Ma, alla fine, si è ritrovato me. Mi è sempre sembrato che lui riuscisse a capirmi meglio di chiunque altro, sicuramente più di mio padre», conclude e nel frattempo il cancello di casa mia si è delineato sulla nostra destra.

Che dire. Perfetto.

Fosse per me mi limiterei a salutare con un cenno della mano, lui però mi dà un bacio sulla guancia.

«Mi piaci con questi capelli. Ma tu mi piaci sempre. Anche se scucirti una parola è più complicato di un intervento di microchirurgia.» Non so se mi sorprenda di più l'allusione alla mia capigliatura da cane Shih Tzu o la dichiarazione in sé. L'effetto è che non so cosa dire, sono certa di essere felice ma ci sono presupposti odiosi che mi impediscono la minima esultanza al germogliare di quella che potrebbe essere una piacevole storia estiva o che magari potrebbe anche superare settembre. Perché no? Io posso essere uguale alle altre, non sono guasta. Vorrei disperatamente crederci davvero e tirar fuori la mia pelle dal cellophane, ma mi chiedo, è lui quello giusto con cui farlo?

5.

Di mattina, dopo una notte dolce come non succedeva da molto tempo, torno ai miei disegni.

Mi piace quello che produco, ma non mi sembra abbastanza per la BIB. Forse mi sono posta un obiettivo troppo alto. Più mi sforzo più mi sembra di non trovare niente, è come strizzare un panno quasi asciutto, non riesco a cavare niente dalla mia immaginazione.

Non strappo nulla, anche se d'istinto lo farei, perché se entro i prossimi giorni non avrò disegnato qualcosa che mi convinca davvero comunque sceglierò le tavole che mi sembrano meno peggiori e manderò quelle. A parte la spedizione, non mi costa niente tentare anche se non sono fiera di quello che ho realizzato e io per prima non mi premierei. Ma d'altra parte io sono il più severo giudice di me stessa. Il problema è che gente come Cecilia Deletres mi dà ragione ed è questo che alla fine mi uccide.

Nel pomeriggio Tommaso si fa vivo via messaggio, ma non nel modo che vorrei.

Gabriella è tornata a Roma, suo zio Enrico soffre la solitudine e ci ha invitati entrambi (!) a prendere un aperitivo. Possiamo scegliere, al bar o da lui, sicuramente non gli mancheranno i rifornimenti.

Declino, mi sembra una situazione tra il grottesco e il surreale.

Tommaso allora mi chiama.

«Forse ti ho messo a disagio ieri sera? Per questo non vuoi venire?»

«No... ma ci sono tante cose che non so di te. E tu di me.»

«Ci si frequenta per questo, in genere.»

«Ma ci si frequenta se si è liberi», dico io imprevedibilmente.

«Ah. Scusami. Avrei dovuto immaginarlo, ma pensavo che tu lo fossi.»

«Infatti non parlo di me, mi riferisco a te», preciso e risulto a me stessa un po' stizzita. «Io sono libero», dice lui con tono del tutto innocente.

«Ne sei assolutamente sicuro?»

«Sono la persona più celibe che conosco. Ci vieni, allora, all'aperitivo?»

«La scadenza non è una scusa, giuro.»

Lui resta in silenzio per un attimo in più. «Capisco», conclude, ma è impossibile, non c'è dubbio, che lui possa capire davvero.

Torno ai miei disegni sentendomi impoverita. Le bugie, qualunque sia la ragione che le sottende, mi lasciano sempre un tremendo sapore in bocca. Allora chiamo mia madre.

«Ma sei sicura di aver visto bene? Lui si proclama libero. Uscirci non sarebbe male.» E mi sorprende averglielo confessato così schiettamente. Vuol dire che questo desiderio ha ormai una certa forza del tutto autonoma.

«No che non sarebbe male, mia libellula, ma stai sicura che non mi sono sbagliata. Comunque non è detto che abbia mentito. Magari lui è davvero libero e alla brunetta ha dato solo un bacio.»

«Magari lui vuole una storia senza impegno con me.»

«Non credo proprio. Emani pesantezza da ogni poro, l'avrà capito. Forse il suo disegno è un altro.»

«E qual è? Sei tu che scrivi romanzi d'amore.»

«Ma non sono una cartomante. Fatti coraggio, esci con lui e chiediglielo. Se ti interessa, sii un po' più spavalda e non lasciare il campo alla brunetta.»

Poi però cambia discorso e mi chiede un consiglio su Athenaïs, si mette a parlare del clima a Parigi e di una vendita privata di grandi marche di seconda mano organizzata da un paio di sue amiche. Abbiamo appena chiuso, quando mi invia un messaggio.

Non lasciarti vivere, vivi davvero, mia libellula!

Ogni giorno è un po' più caldo del precedente. Manca poco e arriveremo a quel plateau di temperatura percepita fissa a quasi quaranta gradi, ma mi proibisco di andare a Cala Ventosa finché non avrò portato a termine una tavola che mi convinca.

Disegno febbrilmente. Le unghie corte sono sporche di colore, ho pile di carta piene di immagini di Levura e di Poppy. Ho dormito poco, ho declinato un altro invito di Tommaso, ho fatto quattro chiacchiere con i miei fantasmi, ho ascoltato musica, ho bevuto molti caffè, ho bivaccato in giardino aspettando un'illuminazione in dono da un non meglio precisato divino amore e alla fine ho dato ragione a tutti i miei dubbi.

Cercavo di raggiungere un obiettivo sentendo riecheggiare perennemente i giudizi di Cecilia, ma adesso devo lasciarli cadere via come la polvere. Perché ho permesso che l'opinione degli altri diventasse così importante? Sono stata io per prima a bollarmi come raccomandata. Il mio cognome aveva un peso, è vero, ma non di meno lo aveva anche il lavoro che producevo. Ho voluto convincermi che ero un bluff, che avevo solo fortuna, che un giorno tutti si sarebbero accorti che in realtà non avevo idee e non avevo niente da dire. E convincendomene intimamente, ho smesso di averne davvero. Ho fatto tutto da me e mi sono arresa ancora prima che ci fossero le avvisaglie che qualcosa stava cambiando. Forse dovevo arrivare a sentirmi così, spoglia e nuda, per ricominciare da capo. Dovevo farmi travolgere in pieno dalla tempesta, accettare che radesse al suolo tutto, per riuscire a ripartire da zero.

«Vieni con me Cassius», dico dirigendomi verso la villa vuota.

Apro la porta, tutto è rimasto in disordine dalla notte in cui Poppy è stata male.

In tutto questo tempo non ero più entrata in quella che era la mia stanza, avevo sempre lasciato che delle incombenze si occupasse Giovanna. Salgo le scale con il cuore in gola, spalanco lentamente la porta e trovo il letto sfatto. Rivedo me stessa rannicchiata lì, silenziosa, mentre le ore trascorrevano in maniera innaturalmente lenta. Quando Enrico finì avrei potuto urlare, avrei potuto cercare aiuto.

Invece fui colta da qualcosa simile a una paralisi. Non mi teneva più bloccata, eppure lo ero lo stesso. Ero terrorizzata all'idea di muovere un muscolo, ero inerte come una bestia che si finge morta. La vergogna mi faceva sentire stordita.

Con il senno di poi mi dico che avrei dovuto vincere l'immobilità e parlare con i miei genitori. Dire la verità. Reprimere quello che è successo non mi ha aiutata a dimenticarlo, anzi ha fatto sì che diventasse un cancro metastatico.

Proprio stamattina ho letto su un quotidiano che il miglior modo per elaborare i brutti ricordi non è sforzarsi di dimenticarli, bensì pensarci un po' ogni giorno. Come una specie di omeopatia. Ma bisogna anche abbinare quei ricordi a qualcosa di positivo, per renderli più tollerabili. Mi chiedo se nel mio caso possa funzionare. Non esiste niente di positivo cui posso associare l'accaduto. Non nel passato, questo è sicuro. Ma se invece ci fosse nel presente? In questo insperato presente, che faccio ancora in tempo a riempire di sole e di speranza.

6.

La scadenza per l'invio di tavole alla BIB è domani. Ho soltanto oggi per andare a Palermo e far stampare le due che ho scelto tra tutte quelle che ho disegnato finora.

Non so giudicarle e forse non devo. Di certo non devo farlo guardandole attraverso la lente spietata di Cecilia.

Una delle due però mi è più cara. L'ho finita proprio poco prima di andare a letto.

Un prato punteggiato di piccoli fiori gialli. Un plaid tipo tartan su cui è sdraiata una bambina con grandi occhiali rosa e lentiggini. È Poppy, come già l'avevo disegnata la prima volta. Qualche albero da frutto. Un vasto cielo attraversato da molti colori e le nuvole che assumono la forma della fantasia. Perché non un drago bianco seduto su una panchina? Un bambino può vedere in una nuvola qualunque cosa.

Raggiungere la città mi risulta sempre più straniante. La metamorfosi in isolana è quasi ultimata: non ho nemmeno ricomprato il phon. Prima stamperia, poi ufficio postale. Compilo il modulo del pacco in partenza per Bratislava e auguro a *Poppy and The White Dragon*, così ho chiamato il mio disegno, buona fortuna.

Dato che sono in città, vado a trovare all'ospedale la vera Poppy, che ci tiene a farmi vedere, come una medaglia, la medicazione sul fianco destro. È sempre incomprensibile per me perché i bambini siano orgogliosi delle ferite, ma Poppy non fa eccezione, anche se si lamenta del fatto che preferirebbe essere al mare o a giocare con Cassius.

«Gli manchi», le dico. In effetti lo sgorbietto ulula alla porta della casa. Che gli manchi la bambina è una mia supposizione, più probabilmente ha nostalgia della situazione che aveva imparato a ritenere la propria dimora definitiva, ma Poppy ne è felice.

«Quando torno gli porto i biscotti», sussurra in inglese. Rose e James mi spiegano che la dimissione è prevista per domani, perché la bimba sta bene e poi perché i medici sanno che per ogni evenienza ci sarebbe Tommaso a un passo.

«È il tuo fidanzato?» mi chiede la bimba.

«*Oh, sweetheart...*» le dice la mamma arruffandole i capelli.

«Mi piacerebbe, in effetti», le rispondo in italiano.

«In inglese per favore...» dice la furbetta con il suo accento da cartone animato.

Ma nel momento in cui la mia risposta potrebbe essere capita da qualcun altro che non sia io, ancorché una bambina piccola, mi sento subito una sciocca e la conservo nuovamente in quel cassetto in cui la tengo nascosta.

E adesso, con cosa riempirò le giornate?

La volatilità dei mestieri creativi lascia dei buchi di finta libertà, perché in teoria si potrebbe fare quello che si vuole, ma in realtà, purtroppo, non si trova niente da fare. Tanto più che aver partecipato alla BIB non si può considerare nemmeno un lavoro, quanto un tentativo di lavoro.

Mi immergo nella laguna di Cala Ventosa, poggiando i piedi sui sassi del fondale prima di sospingermi con una nuotata dove non si tocca più. Uscita dall'acqua il sole picchia. Mi avvolgo in un pareo e affronto la salita verso casa, costeggiata da agavi con le lunghe foglie carnose diventate secche alle punte. Il vento caldo mi asciuga completamente prima di arrivare al cancello. Ed è lì che dico a me stessa che dopotutto questa lunga estate, di cui non vedo davanti a me la fine, mi sta regalando insperati momenti di felicità. Reale. E mio malgrado, una volta tanto, insopprimibile.

Il titolare di Levura Treasures si fa vivo per dirmi che è

riuscito ad affittare la casa ai tedeschi. Certo, nessun inquilino potrà essere gradito come la famiglia Wickham, tanto più che questi tedeschi in realtà sono una folta comitiva di amici che occuperà fino all'ultimo angolo della casa. Grazie a questo l'affitto riesce a essere così alto da mettermi tranquilla per quel che riguarda le mie tribolazioni economiche. Ma resta il fatto che devo occupare il mio tempo, così prendo contatti con un imprenditore che produce calendari, agende, almanacchi, e con cui avevo collaborato già qualche tempo prima. Mi aveva detto che gli sarebbe piaciuto lavorare ancora con me, per cui lo chiamo. Mia madre definirebbe il brand un po' cheap ma se non altro il responsabile mi risponde subito e soprattutto affermativamente, commissionandomi una decorazione per una linea di diari segreti, del tipo con il lucchettino che si regala alle bambine.

Certo, non è il genere di esperienza curriculare di cui essere orgogliosi e la paga è insignificante, ma è un impegno e questo conta.

Cassius e io siamo pronti a rivedere Poppy, non a casa ma direttamente al porto, come un vero comitato d'accoglienza. All'ultimo momento si è unito anche Tommaso che ha sentito il collega chirurgo e stabilito che la visiterà ogni giorno.

James e Rose scendono dall'aliscafo tenendola per mano in mezzo a loro, ma la piccola lascia presto la stretta per venire a salutarci. Non può correre e abbracciandola mi accorgo che sotto il vestitino di cotone a righe bianche e arancione porta una specie di fascia addominale. Si lascia coccolare, rivolgendo a Tommaso un dolcissimo sorriso.

Lui si abbassa per parlarle guardandola negli occhi... e be', che dire, io mi sciolgo.

Per raggiungere la villa abbiamo pensato di chiedere in prestito un caddy a uno degli alberghi presenti sull'isola. Il bello di un posto così è che ci si aiuta l'uno con l'altro, che non occorre pregare nessuno, che è tutto semplice e non è mai una questione di soldi, ma solo di umanità.

Arrivati a casa Poppy va a dondolarsi sull'amaca con Cassius e i Wickham hanno l'aria spaesata di chi ha passato un mare di guai. Spero che nonostante tutto possano conservare un buon ricordo del loro soggiorno sull'isola.

È il primo pomeriggio. Offro a Tommaso un caffè che gli preparo nella dépendance.

«Ti sei organizzata bene qui», dice vacuamente, tenendo gli occhi puntati su alcuni miei disegni che ho attaccato alla parete con lo scotch. «È Poppy?» mi chiede e in effetti è lei, quelli che ho appeso sono prototipi della tavola che ho inviato alla BIB.

«Sì. Anche se lei è molto più carina di così.»

«Però è lei», obietta lui, sfiorando la grana del pastello giallo con cui ho colorato i suoi capelli. «Hai rispettato quella data di consegna?»

«Sì», rispondo mentre la macchinetta del caffè parte con il suo orrendo rumore. Sento la sua presenza come se avessi un radar. Quando mi volto è molto vicino. Abbasso gli occhi, perché lui mi sta fissando. «Vuoi zucchero?» chiedo, sforzandomi di essere naturale.

«Lo prendo sempre amaro», risponde lui.

«Ti offrirei di sederti ma come vedi non ho sedie. E a quest'ora fuori picchia il sole, fino alle sei del pomeriggio. Quindi scusa se ti obbligo a prenderlo in piedi...»

«Non sono qui per il caffè», mi interrompe, lasciando da parte la tazzina. Credo che sia in procinto di baciarmi e un tornado si sta per scatenare dentro di me ma quando è a quella distanza così ravvicinata che le punte dei nostri nasi quasi si sfiorano, si ferma e mi chiede: «Pensi che riuscirai mai a lasciarti andare con me?».

«Non dipende da te», provo a dirgli, fissando il pavimento.

«Basta che tu me lo dica, e io non ci provo più.»

È davvero quello che voglio? No che non lo è. Ma non posso fargli capire come stanno le cose, dunque mi propongo di risolvere un problema alla volta. Il meno grave di tutti: la brunetta.

«Chi è quella ragazza che è stata da te?»

«Lo svantaggio di essere vicini di casa...» ribatte con uno sbuffo da furbetto.

«Vuoi dirmelo?»

«Ci sciupa il momento.»

«Senza risposta non potrà esserci nessun momento», replico stupita dalla mia intraprendenza.

«Okay. Ho capito. Si chiama Chiara. Non è mai stata la mia ragazza e non lo è nemmeno adesso.»

«Allora chi è?»

«È veramente una storia difficile da raccontare ma puoi credermi se ti dico che non c'è niente. Ti do la mia parola.» Fa giurin giurello con le dita prima di prendere il mio viso tra le sue mani. La mia vita sarà stata forse troppo povera di certe esperienze ma questo è certamente il momento più romantico degli ultimi quindici anni.

Continuo a non riuscire a reggere il suo sguardo e so che mi sto perdendo qualcosa, perché forse potrei leggerci come stanno davvero le cose. «Guardami», mormora lui e io mi obbligo a farlo rendendomi conto che non richiede chissà che sforzo se non altro perché il guardarsi si rivela breve.

Molto breve, perché poco dopo mi bacia, mentre il caffè si fredda e io zittisco la mia petulante e pessimista vocina interiore, mentre dentro casa arriva la risata cristallina di Poppy che gioca con Cassius, mentre il mio cuore rulla senza sosta dicendomi per questa volta, almeno per una volta, vivi il momento.

7.

Il bacio mi piace. Non è quel bavoso attorcigliamento di lingue che ho sempre subìto perché è da lì che si comincia una relazione. Ho sempre rispettato le regole dell'attrazione, quelle che si leggono sui settimanali femminili o che ti raccontano le amiche. Poi però le ragazze normali si innamorano, mentre io no. A loro piace il sesso, mentre a me no. Eppure stavolta non sono il solito manichino inerte. Dipende da lui o da me? La risposta arriva presto: il problema (e la soluzione) vivono solo in me.

Quella notte passai dal sonno alla violenza senza passaggi intermedi e mentre chi non ha certi blocchi in un momento del genere prende fuoco, io divento di ghiaccio. Immobile. E se il mio corpo si ferma, la mente riprende la sua cavalcata verso i territori dello schifo che mi è successo, perché, diciamocelo chiaramente, è stato un vero schifo, non me lo meritavo, non se lo merita nessuno. E così finisce come sempre: la rabbia e l'odio mi congelano.

Tommaso percepisce che qualcosa non va e si ferma anche lui.

«Lena?» Non gli rispondo e lo autorizzo a darsi le sue spiegazioni. «Hai ancora dubbi su Chiara?»

Menzionarla rompe definitivamente la fragilissima cupola di incanto che si era creata intorno a noi. Ma sono ingiusta, ci avevo già pensato io da sola. La rompo sempre, l'ho sempre rotta io.

Annuisco perché, in alternativa, che dovrei dirgli? La verità è fuori discussione. Se c'è una cosa di cui sono sicura è questa. Non lo dirò mai a nessuno. Specialmente a un uomo che mi piace, non ho intenzione di suscitare pietà o nausea. Io voglio disperatamente essere una ragazza come le altre, una superficie immacolata, niente coni d'ombra, niente di cui avere vergogna. Vorrei poter strofinare via con una spugna quella macchia che mi sporca, ma siccome non è possibile non mi rimane che il silenzio. E quindi. Che pensi pure che mi sono ingrippata rimuginando sulle sue varie ed eventuali storie parallele, è sempre meglio della verità. Specialmente considerato che la persona che ne è responsabile è proprio suo zio.

«Chiara è stata importante, ma non come pensi tu. Merda. È imbarazzante parlarne», dice infine grattandosi la nuca.

Mi dispiace, perché lui non ha colpa e in definitiva non vedo perché dovrebbe raccontarmi i fatti suoi. E forse dopotutto non mi interessano nemmeno, non voglio che mi si crei nella mente una Rebecca de Winter in carne e ossa che va ad aggiungersi a tutto il resto.

«Okay. Mi fido. Non parlarmi più di lei.»

«Il problema va oltre una storia d'amore, che per inciso, tra noi, non c'è nemmeno stata.»

«Ci sarà il tempo di dirmi tutto», concludo sempre titubante, mentre un refolo di vento fa ondeggiare la tenda.

Lui annuisce e si fa strada tra i miei capelli con le dita, ha un tocco rispettoso, pulito, poi mi bacia e tutto ricomincia, implacabile, incessante, senza pietà, perché nonostante per un momento mi fossi illusa di poter conoscere una nuova dimensione del contatto con un uomo, mi ritrovo bloccata, ancora e ancora.

Il giorno dopo, sapendo che in genere di mattina prova a dormire dopo il turno di notte, evito di farmi viva. È un po' una situazione alla Ladyhawke, ma almeno abbiamo per noi le ore del pomeriggio e sono quelle che ci faremo bastare. Aspetto un suo cenno per sapere che è sveglio e mi presento al faro.

Lui apre subito la porta. Ha indosso una T-shirt verde militare e i capelli umidi. Sotto i suoi occhi stanno iniziando a formarsi le occhiaie. Sembra contento di vedermi e lo dimostra con un abbraccio molto dolce e quello che provo mi emoziona e mi spaventa al tempo stesso, come del resto tutto ciò che è nuovo e completamente sconosciuto. Quello che stiamo vivendo avrà la durata di un soggiorno su un'isola o potrebbe resistere alle intemperie? Non credo. Anche perché presto si accorgerà che una bambola gonfiabile in certi frangenti gli darebbe più soddisfazione. Questa, per lui, è un'esperienza di vita transitoria, prima di compiere altre scelte determinanti, di cui non è detto che io debba far parte. Non ha davvero senso pensarci. Mi sembra tanto uno che vive alla giornata. Ma d'altra parte, lo sono anche io.

«Vieni, entra», mi dice ma io mi fermo all'ingresso.

Seduto al tavolo intravedo Enrico. La sua presenza mi genera il solito terrore istintivo.

«Hai compagnia, torno più tardi.»

Per fortuna l'impulso irrazionale è scambiato per discrezione, qualità che in questa circostanza a Tommaso appare del tutto inutile.

«Macché, è mio zio, ti formalizzi con lui?» bisbiglia per non farsi sentire dal diretto interessato.

Insisto un po', ma lui mi trascina per la mano ed Enrico è sempre pronto a riservare un'accoglienza sontuosa.

«Lena, carissima», esclama alzandosi dalla sedia. «Com'è bello vedervi sempre più amici», dice, un primo sguardo veloce a lui, un secondo a me. «Tommaso, porta un po' di quel passito dell'altro giorno.»

Tommaso esegue, spiegandomi che il vino è un regalo di un paziente e aggiunge che gli piace molto questa dimensione della sua professione per cui il paziente soddisfatto porta in dono qualcosa che possa far sì che il medico si ricordi di lui.

«Ah, questo a Milano te lo scordi», commenta lo zio.

Il cellulare di Tommaso si mette a squillare. Lui si allontana per rispondere e io resto da sola seduta al tavolo con Enrico. Non ho paura del silenzio, in questo caso è il compagno più sicuro, ma sento una sofferenza concreta, fisica. Lui sta contemplando i riflessi ambrati del passito e fa ondeggiare la bottiglia contro la luce che entra dalla finestra usandola come un caleidoscopio. Sembra già piuttosto alticcio, e non credo sia solo per via del sorso di passito che ha appena mandato giù.

«Lena, Lena, questa tua timidezza non la capisco», dice senza guardarmi. «Da piccola eri di tutt'altra pasta.»

«Si cambia, con il tempo», ribatto asciutta.

«Chissà di chi è la colpa», sospira lui con uno sguardo che mi avvolge tutta. «Eri una ragazzina bellissima», butta lì, e il tono è incolore, come quello di una constatazione oggettiva. «Non si poteva fare altro che ammirarti. Una contemplazione puramente estetica. Lo dicevo anche a tuo padre. Questa qui farà l'attrice, vedrai.»

Le sue parole, che nulla hanno di più della vaga delicatezza di un ricordo, mi pietrificano. «Non ho mai pensato di fare l'attrice», rispondo con voce atona. Ma lui continua a seguire il filo dei suoi ricordi.

«Ennio allora rispondeva: "Se ci pensa davvero le faccio passare io la voglia".»

«Non ce n'è stato bisogno.»

«Diceva che sapevi disegnare benissimo.»

Non rispondo più e sfogo la frustrazione scorticandomi le pellicine delle unghie.

Vorrei rimpicciolirmi, sto male, sono a disagio. Enrico ha le labbra sporche di unto, come se non avesse passato un tovagliolo dopo aver mangiato. Più parla, più l'eco di quel «Sta' buona» rimbomba nella memoria.

«Bella, Lena. Sei sempre bella. Fortunato mio nipote», conclude, pronto a bere altro passito che si è versato.

Sollevo lo sguardo dalle mani e sono pronta a dirgli qualcosa che soltanto io e lui possiamo capire. Anche se so che da un così esplicito e brusco accesso alla realtà io potrei solo uscire devastata, come da una scossa tellurica.

Ma no. Non è il momento, con Tommaso nella stanza accanto. La verità è che Tommaso sarà sempre "accanto". È questo il problema.

Com'era prevedibile, e difatti è stato un bene che mi sia controllata, Tommaso rientra nella stanza: deve andare di nuovo in ambulatorio per il controllo di un'urgenza che aveva visitato la notte scorsa.

«Se volete, potete rimanere», dice con naturalezza, ma io schizzo in piedi.

«Torno a casa, devo finire un disegno.»

La mia voce è poco più che un sussurro.

8.

Facciamo insieme un breve tratto di strada. Enrico svolta a destra, verso casa sua, salutando con un'incomprensibile aria malinconica e un vago: «A presto, la prossima volta venite da me per un aperitivo».

«Che personaggio lo zio», dice Tommaso, pensando ad alta voce.

«Sembrava un po' brillo.»

«Quello è un problema. Senza accorgersene ha iniziato a esagerare.»

Posso testimoniare che certamente non è un fatto recente. Anche se è troppo facile andare a scaricare tutta la colpa sull'abuso di alcol.

«Forse è infelice», butto lì. E spero che sia vero.

«Forse.»

«Gabriella lo sa? Che beve, intendo?»

«La zia fa la sua vita», replica lui con voce incolore.

Il vento salato oggi soffia forte. «Che amarezza per quelli che al giro di boa sono scontenti di loro stessi», mi ritrovo a dire, pensando un po' a tutte le persone che ho incrociato quest'estate.

«Io non voglio aspettare di avere sessant'anni per capire che la mia vita mi fa schifo», risponde lui. «Quando finisco in ambulatorio vengo da te», dice infine, prima di imboccare la sua strada, un bacio al volo.

«Devi dormire», gli dico, mentre è già di spalle.

Lui si volta: «Dopo, certo», e conclude con un sorriso vagamente malizioso.

Ma in realtà il pomeriggio passa senza che lui si manifesti o risponda ai messaggi.

Ho tratteggiato qualche mongolfiera, il committente mi ha detto che è un'illustrazione di tendenza, che sono tutti pazzi per quelle e per gli arcobaleni, e lui vorrebbe una proposta per ognuno, ma finisco con l'essere troppo distratta dai miei pensieri ed esco per andare giù al paese.

Busso al portoncino dell'ambulatorio, ma non c'è nessuno. Forse Tommaso è andato a fare una visita a domicilio, fa parte delle sue mansioni.

«Cerca il dottore?» domanda una vecchietta che sta lavorando un centrino all'uncinetto seduta su una sedia sulla strada.

«Sì.»

«Ma quello vecchio o quello giovane?»

«Quello giovane.»

«Ma perché, si sente male?»

Saranno anche fatti miei? Ma so come sono certe vecchiette di qui, per cui i forestieri diventano un reality.

«Ho bisogno di una cosa», dico, la prima risposta che mi viene in mente.

«È stato qua, poi è venuto a prenderlo una ragazza e se ne sono andati.»

«Una ragazza?» chiedo. Adesso sono io quella indiscreta.

«Sì, sì.»

«Bruna, bassina, carina?»

«*Idda!*»

Non so dire cosa sento, forse sono delusa ma non voglio pensare al peggio. Sono in credito con la vita, non può sempre andarmi male. Quindi non sto qui a farmi film su lui e Chiara. C'è una spiegazione e certamente è la più semplice e altrettanto certamente non prevede che lui sia uno spietato bugiardo seduttore seriale.

Mi spiegherà tutto, tutto sarà chiaro. Mi ha chiesto di fidarmi, e io lo faccio, perché sento che lui è corretto, non vuole mentirmi.

In serata mi arriva un messaggio. Si scusa per avermi dato

buca, giura che si farà perdonare, e mi dà appuntamento a domani.

Delle sue ragioni, dei suoi incontri, niente.

Continuo a colorare mongolfiere, la sera cala un po' più tardi, la mia solitudine è la miglior compagnia.

Quando il giorno dopo si fa vivo solo nel pomeriggio e io sono in giardino a tagliare l'erba sfogando sul terreno la mia rabbia, la tentazione è di lasciarlo fuori dal cancello.

«Sono venuto a visitare Poppy», spiega da dietro l'inferriata e già l'esordio mi indigna, tuttavia alla fine gli vado incontro. «E anche per scusarmi, non volevo essere scostante», dice, dopo avermi dato un bacio che, siccome provo a schivarlo, è finito sulla guancia.

«Penso che tu debba chiarirti le idee», gli dico, anche se mi ero ripromessa di far finta di niente e stare a vedere come si sarebbe comportato.

«Io le idee le ho chiare. Dobbiamo parlare, appena finisco con Poppy vengo da te.»

La piccola nel frattempo ha sentito le nostre voci ed è uscita di casa come una furia per reclamare le sue attenzioni. Tommaso le ha portato il nido vuoto di un cardellino, fatto di muschio, erbette e foglioline. Lei ne è entusiasta.

«Sei il mio dottore preferito», gli dice, al che lui risponde: «E tu sei la mia bambina preferita». Si prendono per mano e lui si lascia condurre in casa.

Io mi rintano nel mio posticino e aspetto che arrivi il mio turno.

I minuti trascorrono uno dopo l'altro, ma pesano uno più dell'altro.

Dalle mongolfiere sono passata agli arcobaleni, ma non ricordo l'ordine della scala cromatica, viene prima il rosso o l'indaco? Entro in confusione e faccio un pasticcio che butto via. Ho lasciato la porta aperta perché il caldo è tremendo e l'unico modo per rinfrescarmi è creare una corrente d'aria tra porta e finestra. Sento i suoi passi, ma non mi volto.

«Posso entrare?»

«Certo», rispondo, rimanendo di spalle e continuando a colorare. «Come sta Poppy?»

«Bene.» Lui si avvicina, guarda l'arcobaleno e dice: «Sei sprecata per questa roba».

«Non sono così brava.»

Mi bacia sul collo, per me è come se un insetto mi camminasse sulla pelle, mi chiedo se questo cambierà mai, fatto sta che lui percepisce il mio irrigidimento.

«Lena. Forse sei tu a doverti chiarire le idee. Mi sembra... non so, come di darti fastidio. Io non credo di piacerti.»

Mi giro e lo abbraccio, poggiando la testa sulla sua spalla forte e vorrei dirgli che nessuno mi è mai piaciuto quanto lui. Invece gli dico: «Ho bisogno di tempo per lasciarmi andare». Magari è vero. Chissà. La speranza è l'ultima a morire. Lui replica all'abbraccio e propone: «Ti va se ci facciamo un giro? Ci sono un po' di cose che ti devo spiegare».

9.

«Chiara c'è sempre stata. Le nostre madri erano, anzi, sono ancora molto amiche e ci hanno iscritti alle stesse scuole fin dall'asilo. Eravamo sempre insieme, come fratelli, insomma, solo che io non la vedevo come una sorella.»

Siamo tornati a Punta Alba inerpicandoci per un sentiero deserto. Non c'è un alito di vento, ma dalla costa giunge lo stesso l'odore spumoso del mare. È la fine di una bellissima giornata di giugno e non c'è più troppo caldo.

«Bel regalo che mi ha fatto mia madre. Pensava che così ci saremmo sempre sentiti meno soli. Non so quando è cominciata per me. Al liceo, forse, ma al liceo i ragazzi sono tutti un po' testa di cazzo. A lei interessavano quelli più grandi, be', è normale. Ma anche io mi facevo le mie storie perché tanto sapevo che con lei non c'era speranza. È sempre andata così. Uno meno masochista avrebbe preso le distanze, invece io no, non ci riuscivo. Che coglione. E comunque era difficile perché lei era sempre con me. Che motivo hai di mettere da parte uno che è come tuo fratello?»

Lo ascolto con molta attenzione anche se l'invidia che provo nei confronti di Chiara mi sta scorticando viva.

«Per fartela breve, lei poi si è messa con un mio amico, è davvero il più banale dei cliché, ma d'altra parte si chiama cliché proprio perché è qualcosa che capita a molti e pazienza, è successo anche a me.

«Non era la cosa più divertente del mondo frequentare Chiara e Vincenzo, vederli fare la coppietta innamorata, facevano progetti di viaggi e di vita, a me rodeva quanto non ti posso dire e me ne stavo sulle mie, perché mi sembrava la cosa migliore da fare. Poi anche io mi sono trovato una ragazza, mi piaceva in realtà, e con lei è durata per un po' e non andava nemmeno male, anche se Chiara non me la levavo mai dalla testa. Comunque è finita e non vale più la pena parlarne.»

«E Chiara?»

«Lei e Vincenzo hanno chiuso da poco. Io sono arrivato qui e lei al momento è a Palermo, è per questo che di tanto in tanto ci siamo visti.» Ho capito. Finito il suo grande amore lei lo usa per sentirsi meglio. «Adesso dice che quello che cercava l'aveva sempre avuto sotto gli occhi.»

«Come la lettera rubata di Poe.»

«Non l'ho letto.»

«È una mia distorsione paragonare la vita reale ai libri o ai film.»

Se mai si stesse chiedendo con chi si è andato a impelagare non lo dà a vedere. Abbozza un sorriso, uno dei suoi, pieno di gentilezza. «Per me era stato l'opposto, l'avevo sempre avuta sotto gli occhi e lo sapevo benissimo. Ma poi dopo una vita trascorsa ad aspettarla... boh. Cioè sarò sincero con te, sono successe... cose. L'avevo desiderato tanto e poi, quando è accaduto, è servito solo a farmi capire che mi era passata. Quindi adesso dovrà farsela passare lei. Auguri.»

«Non è che ti vuoi vendicare?» gli domando un po' sospettosa.

«E di cosa? Per tutti questi anni ho fatto tutto da solo e lei non l'ha mai saputo.»

«Sì, ma non ci credo che lei non abbia mai sospettato niente.» Mi pento subito di essere stata così tendenziosa, d'altra parte io lei nemmeno la conosco e lui ancora la difende perché immagino sia difficile cancellare l'affetto di sempre. Mi fissa per un po', in silenzio. Poi sbatte le palpebre lentamente, e dice: «Non lo so. Forse. Non ha più importanza». Alla fine, la storia con Chiara non era niente di che. Il suo fantasma aleggia ancora tra di noi, è vero, ma lui sembra sinceramente distante. «Mi credi se ti dico che lei non è un problema?» Annuisco. «L'ho rivista solo perché chiarirsi non è facile. Non voglio trattarla male. È pur sempre Chiara...» conclude come rassegnato.

Mi riaccompagna a casa, tutto sembra a posto. «Io vorrei far funzionare le cose», trovo il coraggio di dirgli.

«Funzionano, stai tranquilla», risponde e, anche se potrei sbagliarmi, sento che ci crede anche lui.

L'indomani, James e Rose mi invitano a bere qualcosa in terrazza. Mentre chiacchieriamo, mi rendo conto che ci sono tanti luoghi dell'isola che non hanno potuto vedere e così mi offro di tenere con me la figlia mentre loro si rilassano un po'. A Poppy l'idea sembra molto gradita e coglie subito l'occasione per chiedermi di disegnarle un unicorno.

Ho appena iniziato a tratteggiare una sagoma equina quando Poppy mi avvisa che c'è una persona al cancello.

Mi volto ed è Simona, che saluta timidamente con un cenno della mano.

«Non ci siamo più viste», esordisce porgendomi un vaso con una piantina di rosmarino che ha portato in dono per gentilezza. «Ma chi è questa bella bimba?» esclama tutta intenerita, forse rivedendo in Poppy sua figlia, quella che adesso è con i nonni.

La piccola si presenta educatamente e poi mi chiede, sussurrando, se le presto i miei colori per disegnare.

«Come sono deliziose a quest'età», commenta senza riuscire a toglierle gli occhi di dosso. Poppy la sbircia obliquamente da sotto gli occhiali e forse la intimidisce sentirsi osservata.

«Fabrizio?» le domando per pura cortesia.

Simona cambia espressione, gli occhi si fanno lucidi all'improvviso. «Tutto bene, grazie», risponde affrettandosi a coprirli con gli occhiali da sole.

Segue un silenzio imbarazzato che colmiamo puntando lo sguardo verso il mare mentre sentiamo il rumore roboante e lontano di imbarcazioni a motore che approdano in porto sull'altro versante dell'isola. Poi lei aggiunge: «Fabrizio è a Roma. Sai, un impegno con una casa di produzione».

«Certo, capisco», ribatto tanto per dire qualcosa. Poppy la guarda di sottecchi e si avvicina per dirmi all'orecchio, in inglese: «È triste, perché?». Simona però ci sente benissimo e intercetta lo sguardo curioso della bambina.

«Non si può mentire a loro», dice, ma non risponde alla domanda.

«Penso che stavolta Fabrizio non tornerà», confessa infine, la voce da persona caduta in stato di ipnosi. Povera Simona, dev'essere una di quelle mogli che si sforzano di digerire i torti che ricevono in nome della solidità di un rapporto in cui non crede più nessuno. Mi sembra più fragile che mai, come consapevole che un'intera parte di sé in definitiva è solo una rappresentazione e come tale, una volta riposte le maschere, cessa di esistere.

«Ho sempre pensato, se si superano i cinquant'anni non ci si lascia più. Ma mi sbagliavo. Vengo a dirlo a te, poi...? I tuoi l'hanno fatto.»

«Il bilancio però è favorevole. Sono più felici da quando sono da soli.»

«Ma non è il finale che ci si aspetta», ribatte lei, e si soffia il naso, molto compostamente. «Non so nemmeno perché ne stiamo parlando, è proprio vero che certe volte si perde la lucidità e non ci si riesce a contenere. Però...» aggiunge guardandosi attorno, «tutto è cominciato qui.»

«Che intendi?» le chiedo, mentre nel frattempo porgo a Poppy una tonalità di rosa per la criniera dell'unicorno.

«Fabrizio è sempre stato infedele. Non riesce a darsi una regolata. Tuo padre se n'è accorto, e lo ha allontanato. Mi dispiace, ma questa è la verità. Sono orribile, non dovrei parlare male di lui...»

«È il motivo per cui siete andati via prima di ferragosto, l'ultima volta?» chiedo andando dritta al sodo forse in maniera un po' brutale.

«Lascia stare. Meglio non parlarne più. Anzi, fa' finta che non ti abbia detto niente», si affretta a rispondere. Però l'allusione è bastata a creare una nuova connessione tra gli eventi. Mio padre deve aver capito che il suo allievo non sapeva rimanere al proprio posto e aveva iniziato una storia con la moglie di un caro amico, e dunque lo ha allontanato. E chissà, forse lo ha capito anche Enrico. Ma probabilmente i miei ragionamenti non sono che un inutile modo di dare un senso a qualcosa che non potrà mai averne. Non vorrò certo trovare una giustificazione al povero Enrico, ferito nell'onore?

«Posso dire che l'ho sempre saputo e, nonostante tutto, l'ho sposato. E, se andasse via, lo rimpiangerei. Quindi, il problema è tutto mio», conclude Simona e rimaniamo in silenzio a lungo, prima che aggiunga: «O forse il problema è di quest'isola, che ci mette di fronte ai nostri fantasmi e non ci resta che affrontarli».

C'è molta verità nelle sue parole. Anche io lotto contro lo spettro del senso di colpa per aver incoraggiato le attenzioni di Enrico, e forse questo è ancora più forte del ricordo di quello che mi è successo. Mi rimprovero di essermela cercata, in qualche modo, ma poi, con lucidità, so che niente può giustificare un quasi cinquantenne che si approfitta di una quindicenne. Niente.

«Volevo chiederti una cosa, in realtà», dice poi, più calma, asciugandosi le lacrime che le hanno umettato le ciglia e distogliendomi dai soliti pensieri in cui mi contorco senza fine.

«Dimmi», replico ma con debolezza.

«Il disegno di Levura che ci hai portato mi è piaciuto moltissimo. Volevo chiederti di farne un altro, da regalare a una mia cliente che incontrerò la prossima settimana a Milano per un grosso affare. È una persona di buon gusto. Te lo pago, ovviamente. Anche se lo vorrei un po' più grande. Decidi tu il prezzo.»

Le mie labbra disegnano una O perfettamente circolare per la sorpresa. Non mi era mai capitato e non mi so quotare. Chiederò a mia madre. Lei, che mi dice sempre: «Va' incontro al tuo futuro abbracciandolo», mi direbbe certamente di accettare e di dare il giusto valore ai miei disegni.

«Certo, Simona, con molto piacere», rispondo ricacciando indietro lo stupore. «Concorderemo insieme le dimensioni e il costo. Anzi, aspetta», le dico schizzando in piedi rinvigorita e correndo nella dépendance a prendere la carta. Le porto dei campioni per scegliere il colore e il formato. Sono posseduta improvvisamente dallo spirito di abile imprenditrice del mio stesso talento. Simona si lascia prendere dall'entusiasmo, del resto è una creativa anche lei. «A Roxana», dice menzionando la destinataria del suo regalo, «piacerà alla follia.»

«Ti sono grata per la fiducia. E mi dispiace se non è un buon momento per adesso», sento di dirle anche se con imbarazzo.

Lei diventa improvvisamente scherzosa. «Ah, non ci pensare. Noi donne resistiamo a tutto!»

In ogni caso, la sua prova di resistenza si rivela di breve durata. Fabrizio è rientrato a Levura e vanno di nuovo d'amore e d'accordo. Lo so perché qualche giorno dopo sono andata a casa loro per portare alcuni sketch e lui era sul divanetto di vimini che hanno nel patio, rilassato, intento a guardare le barche a vela ormeggiate lì di fronte.

10.

Tommaso si presenta per una visita di controllo a Poppy e poi, dopo aver verificato che è tutto a posto, si ferma da me. Ci mettiamo in giardino e mentre io disegno, lui legge un libro, ma contestualmente mi fa il piedino.

«Non mi fai concentrare...» mi lagno scherzando. Mi stupisce non provare fastidio.

«È quello l'obiettivo. Il libro mi piace, ma mi piace anche fare altro.»

Il frinire continuo delle cicale sottolinea che è estate ogni giorno di più. L'isola è entrata in quella sua fase di presa d'assalto che da adesso in poi proseguirà fino a settembre. I fichi d'India sono maturi, il sole è allo zenith, l'acqua del mare scintilla riflettendone i raggi. Tommaso poggia il libro aperto sul tavolo, si alza e mi accerchia con il solito approccio dei baci sul collo che immagino dovrebbero eccitarmi se fossi una ragazza normale.

«Stacca per un po'», sussurra sfilandomi i colori dalle dita.

«È lavoro...»

«Ma è davvero così urgente?» chiede senza smettere di punteggiarmi la nuca e le spalle di baci che non hanno niente di molesto, esprimono solo la sua voglia di qualcosa di più. Anzi, sarebbe strano il contrario, e del resto è estate, siamo su un'isola bellissima, siamo giovani e non esistono impedimenti, se non nella mia mente.

Mi arrendo. Devo comportarmi come ci si aspetterebbe dalla situazione o sarò costretta a inventare un'altra scusa.

«C'è qualcosa che ti frena», mormora fermandosi un momento, quando arrivati dentro casa si è sfilato via la maglietta.

«No», dico. Ho già messo il pilota automatico.

«Sei sicura?»

«Sì», rispondo dandomi da fare per confermarlo. Ma avverto l'amarezza farsi strada in me perché questa cosa tra noi significa *qualcosa*, è bella, anzi sarebbe molto bella, potrebbe tramutarsi in un ricordo magico da conservare nel cuore per i tempi bui – e qui mia madre direbbe: *sempre ottimista!*

«Lena, io non voglio fare niente che ti dispiaccia», dice in un sussurro, le guance arrossate, gli occhi un po' annacquati. Sta provando a resuscitare un oggetto inanimato. «Anche se veramente non capisco...»

«Mi piace», lo interrompo recitando una parte imparata a memoria negli anni. Sembra combattuto. Mi crede? Pensa che sia semplicemente imbranata? Pensa che sia colpa sua, che non mi piaccia abbastanza? Troppi, troppi pensieri che fanno troppo rumore.

«Io non voglio sprecare questa cosa», dice risoluto. «Se per una qualunque ragione hai bisogno di tempo... va bene, davvero.»

Mi sta fissando. Ha tanta nobiltà d'animo, ma le cose non possono cambiare e lui si stancherà. E poi non può diventare un problema. Se continuiamo a parlarne, questo grumo anziché sciogliersi finirà con il diventare di pietra e, d'altra parte, rinviare non cambierebbe nulla.

«Non ho bisogno di tempo», rispondo, troppo energicamente. Tutto sommato devo essere abbastanza persuasiva perché lui non trova più niente da obiettare e nel frattempo rispolvero i consigli di quell'analista junghiana che diceva di spegnere l'interruttore del dialogo interiore con me stessa, di fissare il pensiero sulla parte del corpo coinvolta e di rimanere in ascolto delle sensazioni che invia. Bello, facile, in teoria. Ma la verità è che mi torna in mente quella notte, come ogni volta, anche se non potrebbe essere più diverso, anche se ormai sono cotta al punto che non m'importa più niente che sia nipote di Enrico. Quello che condividono non ha niente a che vedere con me. Lui è lui, io sono io, il passato non conta. Alterno momenti in cui mi sembra che davvero il contatto con lui non mi angosci, momenti in cui è come se finalmente riuscissi ad abbandonarmi, ma poi è come se io stessa mi opponessi e rievocassi i brutti ricordi soltanto per starci male.

Ma Tommaso intanto non si sta più accorgendo della riunione di condominio che si celebra nel privato della mia mente. Io chiudo gli occhi e mi ripeto, non è la cosa più importante, quello che conta è che gli interessi di me e di come mi sento rispetto a lui. È un grande peccato, un vero spreco, lui ha ragione, ma l'importante è saltare l'ostacolo, non durerà che qualche decina di minuti, poi resterà il fatto che lui mi piace da morire, tremendamente, e che per quei lunghi istanti sarà parte di me, anche se non sono in grado di dare a tutto ciò il valore che merita.

E poi, dopo, si addormenta di un sonno profondissimo. Io resto sdraiata in modalità Tutankhamon, timorosa di disturbarlo. È transitato dalla veglia al sonno con una rapidità impressionante e poco prima che le palpebre scendessero sui suoi begli occhi mi ha accarezzato una guancia con un sorriso pigro e soddisfatto.

Mi ha detto tante cose molto belle. Se le estrapolassi dal contesto e le raccontassi a qualcuno perderebbero il loro valore. E quindi le terrò per me, a irrorare in profondità l'aridità del mio cuore come quei concimi a lento rilascio che usa Giovanna per far fiorire le sue rose.

«Domani partirò per Milano», dice, allacciandosi le Converse, prima di andare in ambulatorio.

«Perché?» gli chiedo sorpresa dal momento che non me ne aveva accennato prima d'ora.

«Una cosa da sbrigare, ma niente di cui valga la pena parlare. Starò via solo una notte», dice rassicurante.

«Ti preparo un boccone per cena?» gli domando incautamente, perché le condizioni del minifrigo chiedono vendetta e finirei con il dovergli servire solo carote crude.

«Tranquilla, prendo un panino accanto all'ambulatorio.»

Mette a tracolla la solita borsa e va via dopo un abbraccio che ha un sapore tutto nuovo, quello dell'intimità.

Quando se ne va la dépendance mi sembra un po' più desolata. Faccio rientrare Cassius che avevo lasciato in giardino perché darsi al sesso in venti metri quadrati con un cagnetto indiscreto e curioso come spettatore non è il massimo. La bestiola non fa nulla per celare quanto si senta offesa. Non mi guarda nemmeno e si dirige sul suo cuscino, dove avvia operazioni di igiene intima ai limiti dell'ossessivo e se mi avvicino ringhia.

Riesco a rientrare nelle sue grazie per cena, quando gli servo il pâté di agnello al coriandolo, una prelibatezza che mi indigna ma che gli ho comprato in un attacco di affetto. Spazzola la ciotola in un attimo e mi sorprendo a pensare al paradosso che gli è toccata una cena migliore della mia.

In assenza di Tommaso disegno la tavola che Simona vuole regalare alla sua amica Roxana. Faccio vari esperimenti, ma alla fine sono abbastanza soddisfatta. Intitolo il mio disegno *Isola segreta.* È sempre Levura dall'alto, ma con un'altra visuale, diversa da quella che ho usato nel disegno di Simona. È venuta anche meglio, a parer mio, tant'è che l'ho scannerizzata e inserita nel mio portfolio come nuovo punto forte. Non ci sono le solite case bianche e la bougainvillea, è un'isola più primitiva, è l'isola che ognuno di noi è. Cecilia avrebbe adorato questa metafora. Ma non devo più pensare a Cecilia. Avrei dovuto mandare questa alla BIB ma si sa com'è la vita degli illustratori: il disegno migliore arriva quando non serve più. Almeno apparentemente. Prima di andare a portarlo a Simona mi tocca una giornata di grandi lavori: i Wickham ripartono oggi.

Ho un po' di scoramento all'idea di non vedere più Poppy ogni giorno; lei non doveva far niente perché mi bastava osservarla sull'amaca per mettermi allegria. Appartiene a quel tipo di creature che ami dopo cinque minuti che le hai incontrate.

James e Rose giurano che serberanno un bellissimo ricordo di Levura e della casa e lasciano capire di voler tornare anche il prossimo anno. Poppy invece, con la sua salopette arancione e il cappello di paglietta abbinato, ha quel misto di fastidio e riluttanza tipico dei bambini al momento dei saluti.

«Mi mancherai *sweetheart*», le dico porgendole la mano, ma lei è evasiva, dice «*bye*» e non si volta più indietro. Però sul tavolo della terrazza dove ci mettevamo sempre a disegnare trovo un foglio, ci siamo io e lei, il mare e l'arcobaleno. Che sia io, con il capello arruffato tipo mocio e le sopracciglia cespugliose che hanno dichiarato guerra alla pinzetta, è confermato dalla scritta del mio nome in stampatello.

Giovanna, che è già arrivata con tutto il suo armamentario da grandi pulizie, dà un'occhiata al foglio e commenta: «Bene ti ha fatta la *picciridda*. La copia spiccicata».

«Peccato non abbia disegnato anche te», le rispondo soavemente.

«Partiamo dalle camere da letto», dice il capitano della squadra salendo le scale. Io la seguo in processione con il mocio in mano.

«Tu metti a posto quella che era mia», le comunico perché, anche se ci sono voluta tornare e ho fatto pace con lei, non direi che è il mio posto preferito al mondo.

Il suo sguardo resta fisso su di me ma non intenzionalmente, come se si fosse persa nei suoi pensieri.

«Tutto bene, Giovanna?»

Lei si scuote. «Scusami. Non ti volevo fissare. Mi sono incantata.»

«Che ti è passato per la testa?» le chiedo ingenuamente.

«Niente, Lena, ricordi miei.»

«Su di me?»

La donna arrossisce malamente. «Non vale la pena che ne parliamo.»

La casa a quest'ora è in ombra, e la stessa ombra si sparge sul suo viso. «Sono ricordi di quando ero piccola?» la interrogo attratta da qualcosa di pericoloso, un antro oscuro popolato da parole che potrebbero non piacermi.

«No, Lena, pensavo a quando sei stata male a ferragosto e poi non sei più tornata.»

«È stato un brutto raffreddore», mi affretto a dire.

Lei abbassa gli occhi. «Brutto», ripete.

Adesso, tanto tempo dopo, maturo la certezza che lei abbia capito che non era un raffreddore ma che stavo male per qualcosa che cercavo di tenere nascosto. Era stata lei a lavare le lenzuola sporche, per le quali avevo trovato la giustificazione più semplice e più banale. Non se l'è bevuta, ma quando provo a leggere sul suo viso se ha capito l'esatta natura di quel fatto che mi ha marchiato la pelle, lei ha già ripreso a salire le scale e si è chiusa in quella stanza per pulirla a fondo, senza sapere che, per quel che riguarda me, questo non sarà mai possibile.

11.

L'indomani pomeriggio raggiungo Simona a casa sua, dove lei si fa trovare con una caraffa di infuso d'erbe fresco.

«Fabrizio è andato a pescare», mette subito in chiaro, ché io non pensi che anche a questo giro se n'è andato di casa non si sa dove e perché.

L'infuso è un po' aspro ma dissetante. Ne bevo mezzo bicchiere e dopo aver asciugato le punte delle dita inumidite dalla condensa, le espongo la tavola. Simona si spertica in complimenti con l'orgoglio eccitato del minatore che ha trovato inaspettatamente il filone di un metallo prezioso. Io arrossisco perché non so mai come comportarmi quando li ricevo, mi mette a disagio l'apprezzamento degli altri, come se stentassi a credere che ci sia qualcosa di bello da trovare nel mio lavoro e quindi che io riscuota complimenti per errore di giudizio o per un colpo di fortuna. Nel loro patio giunge sempre un odore di salsedine e di alghe molto intenso, molto più che a casa mia, e si può contemplare l'andirivieni dei turisti, momentaneamente sollevati dal peso della vita, che chiedono all'isola divertimento e in cambio contribuiscono a far girare la sua economia. I piedi insabbiati, le risate spensierate, le birre gelate, la musica ad alto volume, la festa costante. Quest'osservatorio offre input diversi rispetto al panorama solitario e selvatico di casa mia, è al centro del contagioso animo più sregolato dell'isola, che si risveglia d'estate per poi entrare in letargo come un orso al primo freddo. Il flusso ha qualcosa di ipnotico. Per me che sono curiosa delle vite degli altri, guardare la gente è una continua narrazione.

«Un bel viavai, vero?» domanda Simona richiamandomi a forza in una conversazione a due.

«Be' sì, da qui non te ne perdi un attimo.»

«Ogni anno sempre di più. Tuo padre dovrebbe scoprire una nuova isola segreta dove portarci tutti.»

«Si è dato all'esplorazione della Grecia», replico facendo lo sforzo di tenere a bada un sussulto di risentimento.

«La Grecia è sempre sorprendente», risponde lei versandosi un bis di infuso. «L'unico aspetto negativo di aver preso casa qui è che abbiamo smesso di viaggiare.»

Mi dico mentalmente che tra cinque minuti andrò via, ma sbaglio tempismo. Fabrizio è di ritorno con del pesce fresco, e con Enrico. Vederli insieme, adesso che sono abbastanza sicura della squallida storia di tradimenti che hanno alle spalle, mi suscita disagio e sempre maggior ribrezzo.

«Guarda chi c'è. Resta a cena che questa belva te la cuciniamo alla brace, vero, Fabrizio?»

«Mi dispiace, sono vegetariana», mi affretto a dire, e mai ne sono stata più felice, e se non lo fossi stata me lo sarei inventato pur di scamparla.

«Gliel'hai detto questo a mio nipote?» chiede. È per me uno sforzo incredibile ignorare l'odioso rapporto di parentela che Enrico ci tiene tanto a rimarcare ogni volta che mi vede. Solo l'intensità di quello che provo per Tommaso riesce a essere più forte del dolore che mi causa. Nel frattempo, Fabrizio e Simona si mettono a pulire il pesce e l'odore di interiora che si sparge è disgustoso. Enrico si avvicina a me e mi risulta anche più respingente. «A proposito. Com'è andato il colloquio?»

Cado dalle nuvole. «Colloquio? Per cosa?»

Enrico verifica che gli amici o presunti tali non stiano ascoltando. «Come puoi capire, dopo il processo per lui è molto difficile trovare lavoro.»

Tommaso è un pregiudicato? Mi sento confusa. «Parlane con lui», gli dico, asciutta ai limiti della maleducazione. «Scusatemi, devo proprio andare», concludo poi, descrivendo un ampio raggio con il braccio per un saluto collettivo.

«Davvero non vuoi rimanere per cena, Lena? Anche se

non mangi il pesce qualcosa da darti la troviamo...» insiste Simona, ma mi si è scatenato uno stato d'ansia e posso provare a star meglio solo in solitudine. D'altra parte, nessuno sembra stupito del mio successivo ennesimo rifiuto e sono libera di correre verso casa e di provare a chiamare Tommaso, che comunque non risponde, e di interrogarmi su tutto quello che non ho capito.

Richiama di sera, mentre sto porgendo a Cassius la sua cena. Nonostante la casa sia libera, ho preferito rimanere nella dépendance, uno spazio di minori dimensioni è più comodo e mi fa sentire più raccolta. La grande villa resta chiusa in attesa che arrivino i tedeschi.

Gli chiedo com'è andata la sua giornata e se ha risolto le sue «scocciature». La risposta è evasivamente affermativa. Qualunque sia il suo problema, non vuol parlarne con me. Anche io del resto ne ho uno grosso di cui non voglio parlare con lui. Non posso nemmeno prendermela. Ma vorrei tanto sapere in che rogna è coinvolto. Forse c'è qualcosa nel suo passato che lo ha spinto sull'isola, forse Levura è stata la risposta che ha dato alla vita per uno sgarbo che gli ha fatto. L'unica cosa che mi è chiara in questo momento è che il Tommaso che conosco è sdoppiato dal Tommaso che è andato a Milano a fare qualcosa che non mi ha voluto raccontare. Il punto è che questa cosa di cui non parliamo come per un effetto domino ne svela (o ne cela!) tante altre. E mi torna in mente quello studio di cui sentivo alla radio, quello sui segreti inconfessabili.

Come la mettiamo se potresti averne scoperto uno sull'unica persona che è riuscita a farti palpitare, e non per l'angoscia, l'unica persona che hai mai pensato di poter amare?

Al porto, l'indomani mattina, Tommaso scende dall'aliscafo. Ha una maglietta bianca, i jeans e le Converse, uno zaino in spalla e in una mano la custodia di un abito elegante. Non mi aspettava, è un'improvvisata.

«Doveva essere una scocciatura molto formale», lo stuzzico.

Lui mi guarda con costernazione, riluttante a mentire ma pure a parlare, probabilmente sta pensando che sia meglio il silenzio, che non è né troppo l'uno, né troppo l'altro.

«Che bello che ci sei», risponde scegliendo di sorvolare sulla mia domanda, e la sua contentezza sembra sincera.

Al porto il caldo è al massimo, forse perché esasperato dalla ressa e dai motori delle imbarcazioni. Si soffoca.

«Ci fermiamo al bar per bere qualcosa?» propone lui.

Accetto, d'estate non dico mai di no a una limonata a metà mattina, e poi da qualche parte dobbiamo pur cominciare.

Percorriamo la strada dal porto al bar parlando di vacuità, a Milano era ancora più caldo e sembrava un forno, tutto sommato sarà bello stare sull'isola anche d'autunno.

«Com'è stato dormire di notte?» gli chiedo.

«Mi svegliavo di continuo. La trasformazione in vampiro è definitiva.»

Il suo telefono squilla, lui risponde e dice: «Ti chiamo più tardi». Sto studiando con eccessiva attenzione ogni suo piccolo gesto e movimento, mi sento quasi in colpa perché lo spio cercando qualcosa che lui non sa che io so. Siamo impari. Quando sto per farmi coraggio e chiedergli spiegazioni, lui mi prende la mano, con dolcezza, sorridendo senza ombre.

I segreti, spesso, non sono che un estremo tentativo di tutelare noi stessi: lasciando libera la verità ci sentiremmo intollerabilmente esposti, sarebbe una sensazione molto simile all'addormentarsi con il portoncino di casa aperto. A volte ci imbattiamo in persone cui ci piacerebbe raccontarli per sentire quel peso condiviso, almeno per un po', ma la nostra paura è che, una volta lasciato andare, senza quel segreto rinchiuso dentro, perderemmo irreversibilmente una parte di noi.

Non dipende da lui se non riesco o non voglio raccontargli cosa mi è successo.

Non dipende da me se non vuole raccontarmi la sua storia.

La cosa più importante è che ci teniamo per mano, adesso, in questo bar dove passano sempre musica scadente, sotto la vastità di un cielo senza nuvole, di fronte a un mare profondo che inabissa le nostre paure. Posiamo al faro i suoi bagagli e andiamo a fare un bagno. Siamo insperatamente allegri, di quella allegria scema e infantile di quando si è innamorati, ci tuffiamo nell'acqua che sta iniziando a riscaldarsi, è luglio ormai, è vacanza per tutti, sembra esserlo anche per noi, anche se siamo due persone che hanno nascosto la cenere sotto il tappeto. Ci sdraiamo sulla spiaggia scomoda per via dei sassolini, condividendo un unico telo, l'acqua ci ha bagnati, il sole ci sta asciugando, non ho fame, non ho sete, non ho ansia, semplicemente sto bene.

Però.

Le lancette del suo orologio ticchettano. Siamo così vicini che ne sento il rumore nelle mie orecchie.

La memoria è come una grande soffitta ricolma dove si ripongono oggetti di cui si finisce con il dimenticare l'esistenza. Nella mia c'è una scatola bianca, con il pennarello rosso ho scritto NON APRIRE, ma piano piano, lentamente, l'ho fatto. Ho rovistato nel contenuto, ma non sono ancora arrivata a ciò che è conservato sul fondo.

Se chiudo gli occhi e resto in ascolto dei ricordi riesco a proiettare immagini che nell'oscurità ricreano quella notte e quel che c'è di più nitido agisce come un pungolo sulla parte più vulnerabile di me.

Con le gambe provavo disperatamente a difendermi, ma la forza con cui i miei tentativi erano minimizzati è qualcosa che non potrò mai dimenticare. La mano che mi bloccava aveva al polso un orologio grande, pesante, di metallo. Tipico da uomo, irriconoscibile tra tanti. Le lancette ticchettavano, le sentivo perché le mani erano unite insieme sulla mia testa, non troppo lontano dalle mie orecchie. Il suono che proviene ora dal polso di Tommaso è lo stesso e mi risucchia in quella notte come un vortice. Un così bel momento si sciupa in un niente.

Nel pomeriggio, prima che arrivi l'ora di salutarci perché ha inizio il suo turno in guardia medica, Tommaso e io parliamo dell'inverno. Perché arriverà, non si può di certo impedirglielo, ma lui è sempre evasivo quando si parla di futuro.

«A te piace il tuo lavoro?» gli chiedo.

«Sì.»

«Ma davvero pensi di andare in India?»

«Ne penso tante di cose...»

«È già luglio...»

«Io sarò qui fino al 30 novembre, questo è tutto quel che so, almeno per adesso.»

«Ma davvero riesci a non pensare a dove sarai tra qualche mese?»

«Neanche tu lo sai...»

Che abbia ragione mia madre? È un pigro, o un indolente? Al lavoro in verità non si risparmia, fa anche più del dovuto, dorme poco e di giorno fa molti extra controllando pazienti che ha visitato di notte. Ormai ho maturato una mia teoria, e cioè che abbia avuto un problema sul lavoro, una di quelle situazioni in cui ti accusano di non aver curato bene un paziente e ti danno la colpa se è morto. Per questo è impelagato in un processo e per questo, probabilmente, ha lasciato il lavoro a Milano ed è venuto qui. Forse prova vergogna a parlarne perché ha davvero commesso un errore. Non è facile la vita dei medici oggi, lo raccontava anche zia Freya nei giorni in cui è stata qui.

«Non vorresti tornare a fare il chirurgo?» gli domando, confidando che possa essere l'incentivo a dirmi qualcosa di più. «È la tua specializzazione, non ti manca?»

Lui ci pensa un po' ed evita di guardarmi. Poi risponde: «Sì, certo».

«E allora?»

«E allora», ripete lui riluttante.

«Non volevo essere invadente.»

«Non lo sei. È che non ho voglia di pensarci.»

Annuisco, comprensiva. Scende il silenzio tra noi, nessuno dei due prova a interromperlo.

12.

Non la prendo troppo male.

Non è vero. La prendo abbastanza male.

La commissione della BIB si è già riunita e mi è arrivata una lettera proprio oggi, in cui con un garbato panegirico mi ringraziavano per aver partecipato. Non ho vinto niente. La delusione è un dolore fisico: un po' credevo di essere come in quei film tedeschi che vanno in onda nei pomeriggi d'estate, in cui una protagonista segnata dal passato dà una svolta alla sua vita in un posto nuovo e all'improvviso accadono mille cose belle.

Quando ho visto l'intestazione della BIB mi sono detta: "Se si sono presi la briga di scrivermi è perché ho vinto qualcosa", e invece le buone maniere mi hanno tirato un brutto scherzo.

Il presidente della commissione mi esorta a ritentare la prossima volta, ma poiché penso che sia una lettera destinata a tutti quelli che hanno perso non la prendo molto sul serio. La bella carta color avorio da centotrenta grammi è finita nel cestino, è quasi un peccato, a volte buttando via gli oggetti speriamo di gettare via anche le emozioni, ma non funziona così.

Soffoco il pianto, uno di quelli che non vogliamo liberare perché non riteniamo che la motivazione ne sia degna. È così che mi trova Tommaso quando vado ad aprirgli il cancello. È venuto a prendermi perché avevamo deciso di fare un giro su una piccola barca a motore di quelle che affittano al porto, ma non ne ho più voglia.

Dissimulare il dispiacere è molto difficile ma al contempo so che mi sentirei patetica dando sfogo alle mie emozioni più intime, il filtro mi è necessario, è vitale, come a una pelle troppo chiara esposta al sole.

«È successo qualcosa?» mi chiede. Nonostante i miei sforzi, sarà stato il linguaggio del corpo a tradirmi.

Forse reprimersi è sbagliato. Forse dovrei dirgli che ho avuto una delusione, che sarà mai, non è la prima né l'ultima. Anzi, ogni illustratore lo sa bene, bisogna aspettarsi i no e non lasciarsi condizionare, o non si potrà mai fare questo lavoro. Il percorso è una lunga, lunghissima salita. Tutto questo lo so da sempre, ma è come se fossi caduta e non mi riuscissi più ad alzare.

«Ti ricordi quella scadenza per cui ho lavorato? Purtroppo non è andata bene. Mi sono impegnata tanto, ma non è bastato.»

«Oh», è la risposta, ma non è che voglia essere poco partecipe, è che lui sembra appartenere di suo a quella categoria di persone che vivono una battuta d'arresto senza farne una tragedia. Oggi ce n'è stata una, domani andrà meglio, poi dopodomani ce ne sarà un'altra, la vita è tutta così, questo sembra il suo pensiero. «Ci speravi molto?»

«Be', non si può fare a meno di sperare, vero?»

«Già, no. Ma secondo me è proprio la speranza quella che ti dà il colpo di grazia, ti fa soffrire più della cosa che va storta in sé.»

«È che mi sento... sconfitta. Ho trent'anni e ho puntato tutto sul disegno, ma arranco, non riesco più nemmeno a sostenermi. Non ho niente da fare su quest'isola se non disegnare, ma è evidente che non ne vale più la pena.»

Sulla sua fronte appare una ruga di costernazione. «Ti stai lasciando abbattere.»

«E come faccio a rimanere ottimista, dopo l'ennesimo no?»

«Se disegnare è quello che vuoi, devi farti animo e aspettare un sì.»

Questi mantra da guru mi irritano e liberano la belva nascosta in me. «Mi dispiace, ma tu non sai cosa significhi vivere della propria creatività. Il tuo è un mestiere concreto e peraltro ho letto che non avrete più problemi di disoccupazione, anzi, al contrario, ci sono pochi medici rispetto a quanti ne servono. Sicché non hai idea di cosa significhi sentirsi dire sempre no, mi dispiace.»

Lui sembra stordito dal mio discorso un po' disorganizzato, ma ha qualcosa da obiettare. «No. Forse non lo so. Ma so cosa si prova quando ti licenziano in tronco.» Lo fisso in volto, il bel viso che sembra sempre scanzonato ha cambiato espressione. «Tu pensi davvero che a trentadue anni avessi voglia di fare il medico di guardia su un'isola sperduta?» Non l'ho mai visto così freddo, ma d'altra parte lo conosco talmente poco. E ciò non toglie che sia innamorata persa di lui. «Sono stato condannato per un reato penale e sospeso per sei mesi. Questo lavoro di sostituzione del titolare della guardia medica di Levura è l'unica cosa che sono riuscito a trovare dopo aver scontato la mia pena. Io non so nemmeno se continuerò a fare il medico, ed era il sogno della mia vita. E mi parli di ottimismo?»

«Cosa ti è successo?» gli chiedo in un sussurro.

Abbassa la testa e fissa la punta delle scarpe. «Ho fatto una cosa molto grave. Ho disonorato il mio lavoro.»

«Vuoi spiegarmi?» gli dico, ma a bassa voce, stringendogli una mano. Non voglio essere incalzante.

Lui rotea gli occhi, ma non sembra un problema di impazienza nei miei riguardi, è che proprio vorrebbe che non ci fosse niente da raccontare. «Ero di turno, una notte, in pronto soccorso. E niente, ti ricordi di Chiara, sì? Aveva avuto un incidente con la macchina, ma un incidente brutto davvero. Ancora oggi non so come lei ce l'abbia fatta, perché non lo avrei creduto possibile, aveva un'emorragia molto estesa e tutto questo perché Vincenzo, che guidava, si era preso qualcosa, quel demente. Ma lui ovviamente non si era fatto nemmeno un graffio, e allora, gliel'ho fatto io un graffio, ma anche peggio, perché in realtà gli ho rotto il naso, mentre ero in servizio, come un completo coglione. E mi sono giocato tutto, ma la cosa peggiore è che non ho provato niente, non stavo meglio. Non è servito a nulla, naturale. Se non a bruciarmi la carriera. E ancora oggi mi chiedo se gli ho dato quel pugno perché l'aveva messa in pericolo o perché mi aveva rubato la ragazza. Ed eccomi qui. Questo sono io. Licenziato dall'azienda ospedaliera, condannato per lesioni personali aggravate con la condizionale perché tutto sommato il giudice si è convinto che non sono un soggetto pericoloso. Ho un lavoro fino al 30 novembre, dopo, non so. Se vuoi che smettiamo di vederci, lo capisco.»

Ha parlato tutto d'un fiato ed è pallido, stravolto. «Non voglio che smettiamo di vederci», gli rispondo subito, senza nemmeno pensarci.

«Non avevo mai picchiato nessuno prima», ci tiene a dirmi. «Non sono una persona violenta.»

«Hai perso la calma.»

«Non è una giustificazione.»

«Ti tenevi dentro tutto questo...» mormoro senza nemmeno sapere dove i miei pensieri vogliano arrivare. Ogni tassello va al suo posto, la sua reticenza a parlare di lavoro, del suo passato, forse anche il perché, quando eravamo con Poppy e incontrammo quel tizio che gli parlava di Milano, si trasformò per un momento in Mister Hyde.

«Perdonami. Non volevo essere scorretto non dicendolo subito, nascondendomi dietro il fatto di non avere voglia di parlarne, ma pensavo che non fosse un bel biglietto da visita se si vuol fare colpo su una ragazza», risponde senza rinunciare al tono scherzoso di sempre, anche in un momento così. «Una volta, mi hai detto: "Vorrei far funzionare le cose". Be', anch'io. Non sono fiero di quello che ho fatto e non muoio dalla voglia di parlarne. Ma si deve essere sinceri.»

Le sue parole hanno un peso che per me va oltre la sua storia.

«Tutti abbiamo i nostri segreti», gli dico. Ma mi guardo bene dal raccontargli il mio. Non ci riesco, non so se potrò mai farlo. E in generale non voglio che diventi una gara a chi ha il problema più grosso. Tuttavia, c'è una considerazione che mi viene in mente. A differenza sua, io non sono stata violenta, bensì sono stata violentata. Eppure provo più vergogna. Com'è possibile tutto questo?

13.

Ho smaltito la delusione per la BIB. Lo capisco perché ho ripreso a disegnare. Poppy è di nuovo la mia modella: lo faccio perché sento la sua mancanza, ma anche perché il fatto che non sia andata bene a quel premio non significa che non valga la pena andare avanti.

Così, anche senza una scadenza né un progetto, disegno. È tutto quello che amo fare. I giorni trascorrono operosamente pur senza un fine ultimo, in una nuova dolce routine di mattine passate a disegnare e pomeriggi con Tommaso, a volte facendo il bagno, altre volte una passeggiata, altre volte cose che implicano il non uscir di casa per un po' e che, senza gridare al miracolo, vanno un po' meglio. Non sperimenterò mai il significato di parole come lussuria o disinibizione, ma che non abbia il rigetto del contatto fisico con lui è un gran passo avanti.

Arriva agosto, arriva la comitiva di tedeschi, una mandria di ventenni pallidi e aitanti che fa festa tutto il tempo, ubriachi di una giovinezza che credono non finirà mai.

È la vigilia di ferragosto e per la prima volta non la percepisco come se fosse il 2 novembre. Di notte, come vuole la tradizione, al solito panificio preparano i croissant. Per anni per me è stato il sapore del ferragosto.

Invio un messaggio a Tommaso, gli chiedo se gli va di vedere i fuochi d'artificio dall'ambulatorio. Non sarà come farlo da Punta Alba ma almeno li si vedrà insieme. Gli porto i dolci, l'ambulatorio è vuoto, la gente sta ancora festeggiando, i ragazzi intossicati dall'alcol arriveranno a frotte, ma tra un po'. C'è ancora tempo per noi e ce n'è per me, per scalzare il ricordo di una brutta notte e far sì che il 14 agosto torni a essere un giorno come un altro. Felice, persino.

La notizia arriva giorni dopo, mentre sto condendo l'insalata, quando Tommaso se n'è già andato al lavoro e la sera ha concluso la sua avanzata inesorabile.

Mia madre chiama per raccontarmi quello che ha capito dei fatti, per dirmi che partirà da Parigi e per esortarmi a fare lo stesso, perché dopotutto era il marito di mia zia.

Paolo si è tolto la vita. Io resto senza fiato, è un po' come di fronte a quei disastri naturali che sembrano inspiegabili ma che in realtà esprimono l'esercitarsi di forze cosmiche sotterranee, però ne contempli l'avverarsi con terrore e sconcerto.

Mentre lei è ancora in linea controllo i voli per domani, ma costano uno sproposito. Faccio presente a mia madre che non sono in condizione di spostarmi e sono quasi sollevata, ma per lei è inconcepibile che io manchi all'appello in una circostanza del genere e finisce col pagarmi lei i biglietti.

«Ci vediamo domani all'aeroporto, io sbarcherò mezz'ora dopo ma tu aspettami, prenderemo il taxi insieme per andare dalla zia.»

«Sì, mamma.»

«Sono senza parole, veramente. Quando sono venuti a maggio hai pensato che potesse essere depresso?»

«No.»

«Ti sei accorta di qualcosa?»

«No.»

«Sì, d'accordo, aveva qualche difficoltà economica, ma Freya dice che non era nulla di talmente grave...»

«Mamma, davvero, non so cosa dire», la interrompo. Sono una mistura di sentimenti molto negativi alimentati dal dovermi muovere all'improvviso e dalla pena per mia zia, ma anche da un flusso di emozioni più informi e confuse, che faccio fatica a riconoscere e che alla fine riconduco alla mia solita, generica ansia.

La partenza è presto, con il primo aliscafo. Ho dovuto rindossare i panni della ragazza di città, ballerine ai piedi, borsa di pelle, e l'ho fatto con sempre più fatica. Ho appena lasciato l'isola e già anelo a tornarci. Sono così maldisposta che non sopporto la sensazione di sballottamento delle onde del mare e ancora meno la pressione alle orecchie in aereo. Non sopporto le voci, non sopporto la ressa, il caldo, non sopporto niente. E per di più mi sento egoista, perché mentre la zia sta soffrendo, mentre Paolo, che era una brava persona, ha compiuto un gesto tanto terribile, io non faccio che pensare a me stessa, al fatto che non voglio lasciare l'isola e Tommaso nemmeno per un giorno.

Noto mia madre già in lontananza per la lunga chioma glicine, la grande borsa alla Mary Poppins e l'abbigliamento hippie.

«Questo sciagurato, che brutto colpo che ha dato alla mia povera Freya», è il suo primo commento, mentre fruga alla ricerca degli occhiali da sole.

«Io lo trovo un gesto molto consapevole», obietto. «Che ne sappiamo noi. Forse aveva un male incurabile che teneva segreto, forse era pieno di debiti...» ma non completo la frase perché mia madre mi fulmina con lo sguardo. Dico allora: «Mi colpisce invece che sembrasse una persona molto allegra e spensierata».

«Be', come alcuni attori comici, no? Sembrano allegri ma poi sono i più depressi di tutti. Che fila per un taxi...»

«A chi lo dici, io vorrei teletrasportarmi a Levura adesso.»

«Pazienta, mia libellula. Ci serve spostarci per capire che stiamo bene dove stiamo. E poi adesso siamo chiamate a dar sostegno a chi ha bisogno di noi.»

E non ha torto, perché zia Freya è davvero distrutta, affossata sul divano con un'amica di fianco che le stringe la mano, chiusa in un dolore inaccessibile. Le finestre dell'appartamento al primo piano di via Marcora sono aperte e la confusione di Milano irrompe nella casa.

L'amica della zia si alza per farci spazio, mentre lei si aggrappa alla mamma in un abbraccio disperato. Poi il suo sguardo incrocia il mio ed è carico di qualcosa che non so descrivere. Tutti parlano a voce sommessa, non conosco nessuno e del resto non ho mai frequentato le persone vicine alla zia. Mi sento a disagio e mi allontano, la casa è troppo piena per la sua capacità, ricavarsi uno spazio in cui stare in solitudine non è semplice. L'unica scappatoia è la cucina che si affaccia sul cortile interno dello stabile, buia malgrado il sole che splende all'esterno. Al frigo la zia aveva appeso delle foto, anche una di quei giorni a Levura, riconosco casa mia. Gliel'avrà scattata mia madre e la osservo a fondo. Sul viso scarno di Paolo non ci sono ombre o inquietudini, o almeno non si vedono. Anche mia madre si fa largo in cucina per prendere un bicchiere d'acqua, è pallida e ha gli occhi lucidi.

«Mamma, vorrei andare in albergo.»

Lei ha la capacità di farmi sentire di nuovo piccola quando mi dice: «Certo che sei un po' egoista, bimba mia. Però che dirti. Ti capisco, ma aspetta, la zia vuole parlarti».

Annuisco mentre scorro, anzi, divoro un'e-mail appena arrivata da parte di Cecilia Deletres.

«Mi senti, Lena?»

«Scusa, ho ricevuto un'e-mail di lavoro e per una volta le notizie sono buone. Mamma, di' alla zia che ritorno, giuro», dico senza darle il tempo di rispondere, dirigendomi a grandi passi verso il portoncino d'ingresso, in fuga da quella cappa opprimente di lacrime e disperazione che sono le prime ore dopo un lutto, riversandomi in una Milano che non è mai in vacanza.

Per strada telefono a Cecilia chiedendole se si trovi nel suo ufficio in agenzia, dato che per una coincidenza sono anche io a Milano. Lei mi dice che è appena rientrata dalle vacanze, che ha una valanga di lavoro da sbrigare ma che è contenta di vedermi. Fissiamo un appuntamento di lì a due ore, ma io non ho nessuna voglia di tornare dalla zia. Mi sento mostruosamente egoista, ma è davvero così terribile che desideri godermi la prima buona notizia che riguarda i miei disegni degli ultimi due anni? Mi dispiace che coincida con un evento così terribile per zia Freya, ma preferisco arrivare in metro in largo anticipo e fare il giro del palazzo mille volte. Tanto a Milano ci sono sempre cose belle da vedere, qui si prende un'idea o si rivisita una vecchia e la si fa diventare di tendenza. È una capacità tutta milanese. Se le cose ingranassero potrei pensare di trasferirmi qui, in futuro. Ma sto correndo troppo. Sto sognando, sto già volando.

Ho sempre amato alla follia l'ufficio di Cecilia Deletres. Un tempo, quando la mia carriera sembrò decollare con il turbo, qui ero un'ospite molto gradita. Poi ero stata esiliata e adesso ritornare mi fa felice, sì, ma poiché so quanto male possano fare i suoi cambi d'idea, cerco di tenere a bada l'entusiasmo.

Nella sua stanza le pareti sono dipinte di un rosso spento, elegantissimo, che ricorda quello delle sale di Attingham Park, e ovviamente sono coperte da una gran quantità di illustrazioni originali dei suoi disegnatori prediletti. Cecilia ha i capelli scuri dal taglio anni Venti e veste inderogabilmente di nero con abiti informi ma dalla foggia molto raffinata. Alle labbra il rossetto è sempre vermiglio e ha un incarnato chiarissimo, motivo per cui i maliziosi nell'ambiente la chiamano Biancaneve, anche se più che per il candore di Biancaneve si distingue per la ferocia della Strega e se la guardi dritto negli occhi ti fa un po' paura.

«Che aria rinfrescante hai, cara Lena», esordisce con un sorriso perfido. Temo che, nel suo linguaggio, «rinfrescante» sia un sinonimo di sciattona. In ogni caso ringrazio, accartocciata su me stessa per la timidezza. «Siediti pure», dice con un gesto della mano. «Allora. Come ti accennavo, Roxana è una delle mie più care amiche, non posso dirti la sorpresa quando ho visto il disegno di quell'isola, così prorompente, con una rabbia sottile, sostanzialmente autosufficiente. Le ho chiesto: "Dove hai pescato questa meraviglia?". Ed era un regalo di una con cui fa affari, giriamo la stampa e trovo il tuo nome, mi è parso incredibile! Ma devo ammettere che soffrivo all'idea che tu ti fossi persa, speravo con tutto il cuore che tu ritrovassi la magia dei tuoi primi disegni anche se, devo dirlo, questo è così diverso, tant'è che non ho riconosciuto la mano. Ma questa è esattamente la direzione giusta per te. Che ne dici, Lena, vogliamo riprovarci?»

Cecilia è una che si esprime sempre così, in un flusso di parole travolgenti. La mia felicità è indescrivibile e chissà: è un primo passo, in questo mondo è così, l'importante è ripartire, ottenere fiducia, essere un nome pronto all'uso nel momento topico in cui partono i progetti. Se non avessi il timore di scioglierla, poiché, diciamola tutta, sembra uscita da una galleria di Madame Tussauds, la abbraccerei per l'entusiasmo.

Per il resto del tempo mi dà alcune indicazioni su come procedere con il nuovo portfolio. Ha già in mente un'idea per *Isola segreta,* vuole farne il manifesto di una mostra che stanno allestendo in Triennale. È inebriante sentire che sono di nuovo in ballo, che qualcuno di autorevole trova qualcosa di buono nel mio lavoro. Cammino su una nuvola, non vedo l'ora di tirar fuori tutti i miei colori.

Ma l'euforia che provo si smorza non appena torno a casa della zia. Anche se per poco l'ho dimenticato, il mondo ha continuato a girare anche per chi ha subìto una grande perdita con cui deve fare i conti. La casa non accenna a sfollarsi, mia madre ha una patina d'unto sopra lo strato di fondotinta, gli occhi della zia sono sempre più gonfi.

«Sei tornata», sussurra stringendomi una mano. «Ho bisogno di parlarti», prosegue alzandosi dal divano, tenendo lo sguardo basso per evitare di intercettare quello degli altri. Non lascia la presa finché non entriamo in camera da letto, la stessa in cui anche Paolo ha dormito fino a due notti fa. Ci sono i miei disegni appesi alle pareti, come lui aveva raccontato quest'estate, vengo attirata da uno che avevo dimenticato, risalente a molti anni prima, che avevo inviato come regalo di Natale.

La zia chiude la porta a chiave e mi prega di tenere la voce bassa, qualunque cosa succeda.

«C'è talmente tanta gente… però bisogna parlarne…»

Mentre la osservo e la ascolto, prorompe in me uno stato d'angoscia inspiegabile.

«Paolo ha lasciato solo due messaggi. Solo due. Uno per me, e uno per te. Ho pensato che fosse davvero assurdo, mi sono balenati in testa mille pensieri, anche orribili, ma nessuno era brutto come la verità.» La zia Freya estrae una busta dall'abitino nero fuori moda. «Io l'ho già letto, tu avresti fatto lo stesso...» cerca di giustificarsi. Sì, probabile che lo avrei fatto. Ho la testa come in una bolla, in questo momento fatico a tener presente anche quale sia il mio nome. «Lena, come si può riparare a quello che ha fatto...»

Sono paralizzata. Eccola la soluzione dell'enigma della mia vita. Così semplice, quando te la rivelano. La zia sta farfugliando parole che per me sono prive di apparente connessione, nomina Paolo, il 14 agosto, il senso di colpa, l'incredulità. Mi sta dicendo che è stato Paolo.

Come ho potuto credere per quindici anni, ogni giorno, che fosse stata una persona che non c'entrava nulla? Come ho potuto confondere due persone tanto diverse? Forse volevo confonderle. Forse, inconsciamente, mi sono aggrappata all'idea che fosse stato Enrico perché mi faceva meno schifo, perché del resto era un uomo molto interessante e poi perché assumermi parzialmente la colpa dell'accaduto era un modo per sentirmi meno vittima. Ho elaborato tutti gli indizi affinché coincidessero con la versione che mi sono sempre raccontata e a cui mi sono abituata. La mente, quando vuole illudersi, sa giocare brutti scherzi. Ma adesso che so che a farmi del male è stato un uomo viscido e disturbato che non ho mai incoraggiato, cosa cambia?

La zia continua a porgere quella busta che resta sospesa nel vuoto, perché io non la voglio nemmeno toccare. Ho la nausea.

«Prendila...» insiste lei, ma io faccio un passo indietro come se, per la seconda volta, lui volesse violare una parte di me.

«No, zia...» rispondo con un filo di voce.

«Tu... perché non lo hai detto? Cioè, io l'ho sposato... Lena, come hai potuto permetterlo?»

«Zia, io non ho mai capito che era stato lui... anzi, sinceramente, per tutta la vita ho dato la colpa a un'altra persona... ne ero sicura, assolutamente sicura...»

«Ma com'è possibile?» m'interroga, più disperata che scettica.

«Me ne sono convinta io, ma la verità è che non l'ho visto in faccia e quando ha finito sono rimasta nel mio letto.» E forse vivo ancora in quella stanza, vista da un sogno, in cui forse sono morta. «Un'altra persona si sarebbe alzata, lo avrebbe inseguito, avrebbe chiamato i genitori, non so cosa avrebbe fatto un'altra, so cosa ho fatto io. Non ho fatto niente, sono quindici anni che non faccio niente.»

«Tesoro mio», mormora avvicinandosi per darmi un abbraccio, ma il suo corpo è lo stesso che stringeva Paolo, mi fa ribrezzo anche il suo. «Qui lui prova a spiegare... Ma cosa si può spiegare...»

«Non la voglio leggere.»

«Gli era presa un'ossessione... Era una persona buona, non avrebbe mai fatto del male a nessuno, quella sera era ubriaco, me lo sono ricordato pure io... tant'è che era tornato a casa prima. Lo aveva accompagnato Enrico.» Ecco spiegato il ricordo di mia madre. Ricordava che Enrico fosse andato via prima, ma ha omesso di raccontarmi che era stato per accompagnare Paolo. «Me lo ricordo come fosse ieri, poi ci ha raggiunti e ha detto: "Paolo è KO".»

Non abbastanza, purtroppo. Era abbastanza vigile da capire che nessuno avrebbe potuto interromperlo, anche se non essere lucido per via del troppo alcol gli ha forse permesso di non mettere in conto le conseguenze. E d'altra parte, gli è andata sempre bene perché si è imbattuto in una ragazzina insicura e non abbastanza forte, che ha preferito essere schiacciata dalla vergogna e dalla solitudine anziché reclamare verità. Però. Puoi scappare alla giustizia degli uomini, ma non a quella della vita. «Veramente, non importa più.»

«Importa, perché è da quando siamo tornati da Levura che qualcosa in lui è cambiato.»

«La coscienza?» Il sarcasmo è fuori luogo ma è l'unica cosa che riesco a produrre in questo momento. Né lacrime né pena per me stessa o per chi alla fine si è piegato alla colpa. Anche se a questo punto io non credo che si sia tolto la vita solo perché al giro di boa la coscienza gli ha detto «sei un uomo rivoltante». Chissà quanto scure erano le ombre che teneva nascoste, chissà se sono stata l'unica cui lo ha fatto, chissà in quale inferno viveva davvero.

«Sì, la coscienza», ribatte lei tirando su con il naso. «Ma non può essere stato soltanto questo. Dev'esserci dell'altro.» La mia sensazione è che voglia convincere sé stessa, mentre si ripete «non lo conoscevo, non ho capito niente di lui.»

«Forse era bravo a nascondere chi era veramente», rispondo, con una sensazione di claustrofobia, trascinata a forza in un incubo da cui voglio uscire mentre la zia continua a sintetizzare a modo suo la lettera, perché dato che non voglio leggerla sente dentro la missione di notificarmi il contenuto mio malgrado. «Sembrava a posto, ma forse era malato e io non l'ho mai capito, né da moglie né da medico, io mi sento una completa fallita.»

«Era quel che era. A te resta solo andare avanti.»

«Belle parole.»

«Non ne ho altre, zia. Mi dispiace per la tua perdita e per come ti senti, davvero. Io però adesso penso di dover andare via.»

«Io non lo dirò a nessuno, Lena...» mi si rivolge seria, come se volesse stringere un patto con me.

«Nemmeno io.»

«Certe cose è meglio che restino segrete, sono troppo difficili da capire», aggiunge, e anche se è molto scossa mi sento di dirla, una cosa, solo una. Ci penso un po', per formulare il mio pensiero senza che mi travolga.

«Non è vero, zia. Certe cose si dovrebbero raccontare, invece. E forse è vero che non è mai troppo tardi.»

«E cosa vuoi che faccia allora?» chiede, ma è distrutta. Non esiste qualcosa che lei possa fare. Nessuno può. Nemmeno io. O meglio, io sì, ma non da sola. Forse dovrei riprendere l'analisi. Avrei molto da raccontare alla dottoressa. E mi piace pensare che mi troverebbe un po' migliorata.

«Tranquilla. Sta' tranquilla, zia. Lasciamoci tutto alle spalle.» Ma a dispetto delle mie parole, sono un fascio di nervi. Prendo il mio bagaglio, sussurro a mia madre che è tutto a posto, che vado in albergo, che ci vediamo più tardi.

L'indomani partecipo ai funerali come ci si aspettava che io facessi, ma è l'ultimo obbligo che concedo a questa storia. Dare spiegazioni a mia madre sarebbe più complicato che sorbirsi un'ora di odore di incenso e di preghiere che non sento. Con la mente sono a Levura, con Tommaso, convinta che dopotutto ogni male è uscito dal vaso, a carissimo prezzo per tutti. Ma la vita, d'altra parte, è così.

TERZA PARTE

LA CATARSI

Il primo ciclo di conferenze che mio padre tiene agli studenti del suo corso alla NYU è sulla *Poetica* di Aristotele. Quando anni fa sono stata da lui, ho partecipato a una delle sue lezioni e penso che avesse tutte le qualità di un grande insegnante, ma d'altra parte sono sempre stata molto fiera di lui. La più interessante di tutte era quella sul capovolgimento e la catarsi: secondo Aristotele, le situazioni che recano danni e dolore ai personaggi portano alla purificazione del pubblico che legge o guarda.

Lo confesso. Mi sento purificata. Quindi la regola di Aristotele vale anche per la vita vera. Ho navigato acque tempestose, ho dormito in stanze molto buie, ma sono approdata a una nuova storia, tutta da scrivere.

Quando i tedeschi sono ripartiti, sono arrivati gli americani, per una settimana, poi una comitiva di marchigiani e infine altri tedeschi, ma nessun inquilino era come Poppy. Via e-mail ho saputo da Rose che ormai si è ripresa perfettamente e che chiede spesso di me. Ma so anche che pian piano dimenticherà i giorni di chiacchiere, mare e disegni, mentre lei vivrà sempre come un piccolo folletto nascosto nella memoria. Poi è arrivato ottobre, era sempre caldo e bellissimo, ormai quel mese è meglio di giugno, e nel frattempo io ho continuato a disegnare. Non sono più tornata nella villa, anche quando gli affitti si sono diradati ho continuato a vivere nella dépandance. Ho dovuto smaltire molta rabbia al pensiero che Paolo fosse tornato in casa mia ancora una volta. Quindici anni fa, quando mi sono barricata in camera per uscirne solo quando ho avuto la certezza che Enrico non fosse più in casa, ho saputo che anche Paolo era ripartito, il giorno di ferragosto, per via di un improvviso malore della madre. Lì per lì, e fino a ora, non ho pensato che esistesse un collegamento, ma è evidente che si trattava di una fuga, anche perché, per quanto ne so io, la madre è ancora viva e vegeta, l'ho vista anche ai funerali. Mi sembra assurdo che abbia voluto nonostante tutto mischiarsi alla mia famiglia sposando mia zia, facendo finta di nulla in ogni occasione di incontro. Quanto sollievo deve aver provato quando si è reso conto che non avevo capito niente.

Mi è capitato di rivedere Enrico lì al faro da Tommaso. È stato strano imparare a guardarlo con occhi nuovi, concedermi di pensar bene di lui, ascoltare con interesse i suoi racconti, proprio come facevo un tempo. Tommaso è contento che, come dice lui, mi sia sciolta con suo zio. Per lui è una persona importante e gli dispiaceva aver percepito che non gradissi la sua compagnia.

Quando mia madre mi chiede come vanno le cose con Tommaso, mi sorprendo io per prima a dire che vanno bene, che possiamo affermare che, sì, abbiamo una storia e che la sto vivendo con felicità.

Quello che mi è successo continua a essere un segreto tra me e la mia memoria. Non gliel'ho raccontato. Forse lo farò, forse no. E non perché la terra l'abbia inghiottito insieme a Paolo. No. Lui ha scelto la morte ma il suo sbaglio vivrà sempre in me. E a me resta solo dover scegliere che farne. Continuare a riviverlo, giorno dopo giorno, consumandomi oppure accettare che faccia parte di me, come tutto ciò che mi costituisce, come il colore degli occhi o il vecchio segno sul braccio del contatto sgradito con una medusa.

Chiudo il cancello con un grande lucchetto e ripongo le chiavi nella mia borsa. Guardo la casa da dietro l'inferriata, come se non fossi capace di dirle addio, e continuo a voltarmi indietro mentre mi allontano da lei senza riuscire a smettere di guardarla, ma non è una sensazione negativa. È come dover salutare una vecchia amica con cui hai un rapporto un po' complicato, che sa tutto di te, che a volte detesti, ma che alla fine senti di amare.

L'aliscafo è quasi vuoto. A dicembre c'è solo una corsa al giorno, alle undici del mattino. Tommaso e io non abbiamo molti bagagli, entrambi viaggiamo leggeri, quello più ingombrante è senz'altro Cassius che detesta per partito preso qualunque cambiamento e abbaia a raffica per comunicare il suo disappunto.

Lo scafo infrange lo specchio dell'acqua, gli schizzi picchiettano il vetro mentre il profilo dell'isola si rimpicciolisce sempre di più. Proveremo a ripartire da Milano, dove Tommaso ha trovato un nuovo lavoro. È un contratto di soli sei mesi, percepisce scetticismo intorno a sé perché le voci sul suo passato circolano ancora, ma nonostante tutto al futuro bisogna andare incontro con fiducia, come mia madre non si stanca mai di dire. Per il momento ha rinunciato all'idea di andare in India.

Io continuerò a disegnare in una specie di soffitta che abbiamo preso in affitto a una cifra spericolata, ma sento che ne varrà la pena. Ho risentito la mia analista, qualche chiacchierata al telefono che mi è sembrata più utile che mai. Forse perché, a differenza di prima, stavolta un po' ci credo. Nella vita, la predisposizione d'animo è tutto. La dottoressa mi ha fornito un contatto con cui continuare il mio percorso, lì a Milano. Sono piena di buoni propositi e di voglia di fare.

Mi piace pensare che l'esilio più o meno volontario su quest'isola abbia risarcito entrambi di tante cose che credevamo di aver perso, ma è giunta l'ora di lasciarla.

Non per sempre: torneremo, probabilmente. La tempesta, ormai, è passata.

RINGRAZIAMENTI

Ci sono tante e tante persone da ringraziare per essere riuscita a scrivere questo libro. Persone vicine al mio cuore ma anche molte persone che non conosco. È impossibile creare un ordine poiché, mai come in questo caso, ognuna di loro è stata fondamentale.

Non è stato semplice ricreare il vissuto di Lena e riprodurre il suo stato d'animo. Mi sono appoggiata molto a chi ha usato parole intrise di verità per aiutare la mia immaginazione. Quindi mi sento debitrice, su tutti, verso la graphic novel *Io sono Una* di Una, le poesie di Rupi Kaur e la poetessa Anna Achmatova, per l'immagine di Lena suggerita nelle parole: «*E forse vivo ancora in quella stanza, vista da un sogno, in cui forse sono morta*».

Anche sul fronte delle illustrazioni, essendo del tutto incapace di tenere in mano una matita, ho attinto informazioni dalla *Guida intergalattica per giovani illustratori* di Alessandro Gottardo aka «Shout» e dal *Manuale non illustrato per illustratori*. Colgo qui anche l'occasione per precisare che la tempistica e la procedura della BIB che ho descritto non sono quelle effettive, ma è una licenza che mi sono concessa per finalità narrative.

In tanti momenti mi sono detta: "Non ho il diritto di scrivere questo libro". Grazie di vero cuore Carmen Prestia, perché senza il tuo sostegno non sarei arrivata alla fine.

Grazie a Laura Vaioli, che ha portato nella mia vita la filosofia e che mi ha aiutata a far parlare Lena dei suoi disegni.

Grazie ad Anna Santoruvo, che mi ha gentilmente prestato il suo cognome.

Come sempre la mia profonda gratitudine va a Stefano e Cristina Mauri per la fiducia riposta in me, e altrettanta gratitudine devo a Elisabetta Migliavada e Adriana Salvatori per la pazienza infinita e per avermi aiutata a migliorare il più possibile questo libro con un editing pieno di cura e passione; e ancora grazie al team Garzanti per la calorosa accoglienza.

Ringrazio ancora: lo zio Claudio, che mi ha aiutata a immaginare il passato di Tommaso; Peter Exacoustos, senza il cui consiglio ormai non scrivo più una riga; Stefania Orsola Garello, per avermi fatto innamorare dell'idea di una casa su un'isola; Cristina Caboni, per il prezioso sostegno nei momenti più duri della stesura di questo libro; Anna Dalton, cui ho rubato il film preferito; Giuseppe Malleo per la consulenza chirurgica.

Grazie alle lettrici e ai lettori che mi hanno seguito in questa nuova pazza avventura, lavoro sempre per essere all'altezza delle loro aspettative.

Grazie agli Hooverphonic, la loro *Amalfi* è per me la colonna sonora di questo libro.

Grazie alle mie piccole Eloisa e Bianca e ad Amelia Gecchele, che si sono prestate inconsapevolmente come prototipo per Poppy.

Grazie alle mie adorate mamma e nonna Anna, grazie al loro amore mi sento sempre protetta, e grazie a Grazia Berlinghieri, che mi è vicina con delicatezza.

Grazie a Stefano, perché la tua pazienza con me ti farà entrare in Paradiso, poco ma sicuro.

Finito di stampare nel mese di maggio 2019
da Grafica Veneta s.p.a., Trebaseleghe (PD)

Questo libro è stampato col sole

GRAFICA VENETA

Azienda carbon-free